la creación
literaria

ZONA SAGRADA

por

CARLOS FUENTES

siglo
veintiuno
editores
sa

MÉXICO
ARGENTINA
ESPAÑA

siglo veintiuno editores, sa

XXI GABRIEL MANCERA, 65
MÉXICO 12, D. F.

siglo veintiuno de españa editores, sa

XXI EMILIO RUBÍN, 7
MADRID - 16, ESPAÑA

siglo veintiuno argentina editores, sa

XXI TACUARÍ 1271
BUENOS AIRES, ARGENTINA

primera edición, marzo de 1967
segunda edición, abril de 1967
tercera edición, noviembre de 1967
cuarta edición, marzo de 1969
quinta edición, agosto de 1969
sexta edición, julio de 1970
séptima edición, marzo de 1972
© siglo xxi editores, s. a.

Índice

UNO

HAPPILY EVER AFTER 3

DOS

RETRATO DE MI MADRE 11
LOS ROBACHICOS 16
DENTRO Y FUERA DE LAS GRUTAS ENCANTADAS 20
EL TELÉFONO BLANCO 33
VIDA DOMÉSTICA 38
OTRA VISITA 43
FORMICA SANGUINAE 50
QUÉ CATRÍN ESE JESÚS 54
LA DAMA AUSENTE 58
LOS DELFINES 71
AUTÓGRAFOS 78
NOMBRE DEL JUEGO 94
EN DONDE SE DECLARA Y SE CORRESPONDE 108
ERINIAS 116
ÉSTA ES LA VERDAD 136
LAS GOLONDRINAS 139
CINTA DE PLATA 152

TRES

SUERTES DE NAIPE 161
ZONA SAGRADA 185

[v]

A
MARIE-JOSÉ
Y
OCTAVIO PAZ

I

HAPPILY EVER AFTER

Es domingo y todo el pueblo está reunido en la playa, viendo a los muchachos jugar futbol. Pero tú tienes mirada para otras cosas. Las islas están muy cerca; conoces su leyenda. Las señalas con la mano y me cuentas lo que no sé.

Son las islas de las sirenas que vigilan la ruta a Capri. Dices que su canto puede escucharse, pero exige un riesgo. Y Ulises era el prudente. ¿Qué habrán sido esos rumores? No sé si en realidad te escucho. Los jóvenes de Positano, gamberros y estudiantes, cargadores y camareros (¿gigolós estivales?), juegan con esa fuerza nerviosa, esa rapidez muscular. Esa elegancia. Al amanecer, plantaron en la arena las estacas para marcar el espacio del juego: la zona sagrada. Toda la mañana, mientras tú y yo bebemos en el café al aire libre, la pelota sale disparada hacia el mar; regresa a la playa impulsada por el oleaje suave. El Tirreno es un lago, sí. Los muchachos fueron arrojados sobre la arena negra por una marea llena de caricias: el esfuerzo no se hace sentir. También el de los marineros, entre semana, es casi invisible. Un ir y venir silencioso de barcas azules, verdes y anaranjadas; un imperceptible despliegue de las redes; un callado trueque de pulpos y calamares.

Y las barcas salen en silencio del mar, se desplazan en silencio sobre los troncos tallados que los pescadores, en un ágil juego de relevos, van pasando de la proa a la quilla a la popa a la proa. Las barcas son otro caballo, montado sobre rieles de madera, rumbo a una Troya vencida: Positano, puerto de Poseidón, trepa por las cornisas; los caseríos pálidos se comunican por rampas de losa alisada y pasajes de cal húmeda. Yo miro hacia los emparrados y lós naranjos y tú hacia las islas: dos rocas tajadas por un estrecho, una silueta de ballena dormida.

Hoy podría decir que yo lo veía todo a la distancia. Los jóvenes bronceados, con las camisetas blancas y los calzones azules, los rizos cortos y los pechos de oro, patean, cabecean, corren: una meta. Las barcazas salen al mar, se deslizan sobre la playa. Las callejuelas de la aldea ascienden por los costados de la montaña desnuda, rumbo a la bruma alta de la mañana. Y tú no recorres todas esas distancias. Perteneces a una sola imagen, la de las islas de las sirenas.

Te arriesgas. Pero Ulises fue el prudente. Lo enjuicias. Dices que no se dejó seducir por el canto de las sirenas; taponeó con cera los oídos de la tripulación y se amarró al palo mayor de la nave. Entonces sí escuchó el canto, pero se sustrajo a su efecto. Creyó escuchar sin riesgo: oyó y no oyó. Las sirenas cantan para que el hombre sucumba. Ponen a prueba su poder de transfiguración. Y también su vocación de permanencia, que es sólo su salto mortal hacia el abandono. Las sirenas dicen: no sigas, entrégate. Ulises responde: me esperan en otra parte. Otra parte. Todo esto lo dices tú. Yo sólo repito lo que tú has dicho.

Ordenamos dos Campari bitter.

La bruma se desgarra y los autos bajan y suben por la cornisa, se encuentran, cautelosos, en las curvas estrechas. Pitan. Peligro: massi cadenti.

El idiota de la aldea se pasea frente a nosotros, seguramente nos agrede con su ronco dialecto y con el furor de sus pies y ojos desnudos. Nos da la espalda y clava las manos en los pantalones rotos, flojos, de lona azul. Fuma el cabo de un puro color de pasa.

4

Una mujer sin edad, envuelta en mantas, arroja las zapatillas doradas y camina hasta las rocas seguida por un perro salchicha con cabeza de lobo. Las uñas de acero del can y su ama aran la arena.

Sólo para cumplir todos los actos del mito. El mito —bebes— debe tener un final, feliz o desgraciado, pero previsto. Me preguntas: ¿cómo termina el mito de Ulises? Te contesto: Ulises siempre regresa, siempre mata a los pretendientes, Penélope deja de tejer para siempre; Telémaco, siempre, se reintegra al hogar. El varón clásico, la mujer fiel, el hijo pródigo. Y fueron muy felices.

Ríes mucho. Me pides que olvide todas las distracciones y escuche el canto de esos seres que quisieran romper el orden natural, que también es el del mito resuelto, previsto.

—Convertido en un ritual.

Si Ulises sucumbe al canto, no sería el prudente; no habría historia; habría otra historia. No puedo escuchar lo mismo que tú; estoy distraído por la belleza, el juego, la vida.

La nostalgia: estamos en la antigua Posidonia. No sé cómo hemos podido llegar; cómo hemos logrado vencer los peligros. Es como estar en el trono de Neptuno: será un reino de polvo escrito y cristal sin fondo. No puedo escuchar lo mismo que tú. ¿Tú escuchas un canto que, dices, también es parte de la naturaleza, la parte escondida, vedada, ausente del inventario aceptado de las cosas? Más abajo o más arriba del sonido normal, pero no por ello separado de él. Los pabellones del murciélago. El grito debajo del agua. Las palabras que todavía es capaz de pronunciar la cabeza guillotinada. La risa de las estatuas. ¿Qué murmura el feto dentro del vientre materno: qué historias se cuenta a sí mismo para aliviar la larga espera de meses? Sólo las historias que aprendió de los muertos, quizá: se canta para matar el tiempo, dices; se escucha todo lo que ha quedado en el aire: las palabras de

Adán al darse cuenta y las de Dios al darse cuenta de que su criatura ya no es inocente (que son las primeras palabras de Dios: la advertencia: no comerás ese fruto) siguen viviendo, muertas, en las ondas del universo y algún día habrá aparatos capaces (y hasta dignos) de recibirlas. Laborioso, prudente, astuto Odiseo, amarrado al palo mayor, escuchando sin peligro. No escuchó nada, ésa es la verdad.

Las sirenas no le cantaron. La nave perdida pasó en silencio frente a las islas encantadas; la tripulación sorda imaginó esa tentación. El jefe amarrado dijo haber escuchado y resistido. Mintió. Cuestión de prestigio, conciencia de la leyenda. Ulises era su propio agente de relaciones públicas. Las sirenas, esa vez, sólo esa vez, no cantaron: la vez que la historia registró su canto. Nadie lo sabe, porque esas matronas de escama y alga no tuvieron cronistas; tuvieron otros auditores, los fetos y los cadáveres. Ulises pudo pasar sin peligro, Ulises sólo deseaba protagonizar antagonizando: siempre, el pulso de la agonía; nunca, el canto de las sirenas que sólo es escuchado por quienes ya no viajan, ya no se esfuerzan, se han agotado, quieren permanecer transfigurados en un solo lugar que los contiene a todos.

Me cuentas la verdad, la que la crónica oficial del mito calla. Pero yo no puedo escucharte. Estás perdido en la imagen única de las islas; yo, distraído con todos los accidentes de la playa. El primero es uno de los jugadores, un muchacho grueso y moreno que gira los brazos como aspas y tumba al réferi sobre la arena. No entiendo muy bien; parece que todos tienen apuestas colocadas sobre uno u otro equipo, el blanco o el azul. Otro joven, que durante la semana sirve obsequiosamente en el comedor del hotel, y que ahora está muy endomingado, salta sobre el jugador; quieren separarlos; el camarero alega a gritos que ha invertido el sueldo y las propinas en el equipo que está perdiendo por culpa del jugador enfurecido; intentan separarlos, pero cada uno, jugador o espectador, se voltea en seguida contra el individuo más cercano. Olvidan que querían interrumpir la pelea, empiezan a golpearse entre sí y la arena vuela pulverizada y en la orilla del mar las patadas se escuchan como graznidos.

Un muchacho rubio y sudoroso cae de espaldas sobre nuestra mesa; detengo su nuca rizada; tú lo retienes cerca de nosotros, aprietas sus hombros. Él gruñe, se zafa, escupe a nuestros pies y se salva corriendo a lo largo de la playa, hacia las cuevas rocosas de la costa y el camino a Amalfi: un caballo ocre sale galopando de una caverna, lo monta una muchacha rubia, la crin del caballo y la melena de la muchacha son del mismo color, los lomos y la piel del mismo color, la muchacha cabalga y levanta nubes de la arena del mismo color: el mar es ocre como ellos, los jugadores gritan, los espectadores abren paso, un hermoso y veloz espectro corre lejos de nosotros, a caballo, a la orilla del mar: mira hacia las islas de las sirenas, la cabellera revuelta impide reconocer su rostro: el pantalón estrecho, la blusa mojada. La playa y la cornisa son largas. La muchacha viene de Amalfi, de las cavernas de Neptuno. Cabalgará todas las mañanas, desde ahora, en la playa de Positano.

2

RETRATO DE MI MADRE

Ma chi non ha bisogno della Mamma?

FELLINI, *Giulietta degli Spiriti*.

Voy a entrar, como siempre, en el momento más inoportuno. Me detendré un instante, al apagar el motor del auto, con las llaves en la mano y antes de reclinar la cabeza contra el respaldo de este Lancia negro, convertible, forrado de cuero rojo —que ella me regaló— apretaré el encendedor, sacaré los Pall Mall de la bolsa del saco de cachemira azul —que ella me compró— y esperaré con el cigarrillo en la boca a que el encendedor salte con un ligero click y yo lo acerque a la punta del cigarrillo y por fin me recline a fumar mientras observo, en el atardecer, esa casa de líneas rectas, escondida, como todas las mexicanas, detrás de una barda coronada de vidrios rotos.

Sé que al entrar habrá un jardín de pasto inglés y setos tan recortados y geométricos como la propia residencia. Todas las puertas de cristal de la planta baja se corren para prolongar la sala, la biblioteca y el comedor en las terrazas de tezontle y, al mismo tiempo, para permitir que el jardín cerrado entre a la casa. La sombra de los pirules —y también su luz, que se filtra por los ventanales y entre los objetos de porcelana y cristal cortado— jugará, con esos tonos casi de catedral, azules, amarillos, grises, sobre los retratos de mi madre, los óleos enmarcados en oro bruñido y plata patinada.

La recuerdo, cuando menos lo deseo, fija y desdeñosa, altiva y bella, en esos cuadros. No sé con cuál identificarla. Si una vez aparece totalmente delineada, con todos los contornos visibles, como una realidad de carnes mórbidas y huesos agresivos, con la ceja arqueada y la cabellera negra y lacia, descalza y rodeada de alcatraces, otra se desvanece, como el encaje que la cubre, y su carne parece disolverse en los tonos de marfil del aire y de las telas inventadas por el pintor. Yo diría, sin embargo, que Claudia, mi madre, es en realidad la figura de ese tríptico de Leonora Carrington que sabe conservar su rostro famoso y convertir su cuerpo en una perpetua metamorfosis de ave y ceniza, de llama y dragón. Aquí, los alcatraces ceden el lugar a los nardos y a los sauces llorones: un cementerio abierto se extiende detrás de Claudia.

Pero al entrar a esta casa sé también que la presencia de Claudia se impondrá a la de los cuadros que tan evidentemente pretenden inmortalizarla. Me detengo en el hall de mármol y me importa menos el espectáculo conocido y repetido que ofrece la sala, con sus limpios muebles escandinavos, que mi propia presencia en la antesala, mi saberme allí, con el saco de cachemira azul y los pantalones de franela con sus respectivas etiquetas que, aunque escondidas, atribuyen la confección de mis prendas a Cucci, Roma. Cada entrada a esta casa significa el problema de hacerme presente porque frente a mí, que estoy detenido en el umbral sin saber qué hacer con mis pies y mis manos, sin poder ordenar la expresión de mi propio rostro, rebajado ante mí mismo a un reflejo, está ese espectáculo que no pide permiso para exhibirse, ser, plantarse en la tierra. Y ella lo domina con la naturalidad de sus veinticinco años de brillo. Un cuarto de siglo. Estos años-luz en que ella ha sido la estrella.

Sentada sobre un taburete de cuero negro —ahora— o caminando veloz y nerviosamente —en seguida— por el tapete blanquinegro como un tablero de juego, mi madre no se da cuenta de que he llegado. Enciende un cigarrillo, está vestida con un pijama de lujo, negro, abotonado hasta el cuello, de mangas flojas y bordadas, en oro, con figuras del tarot. Su tez es el encuentro de un marfil viejo y una luz naciente. Sus ojos negros se retraen, tensos, antes de saltar con las garras de la burla, la cólera o la risa más espontáneas. Y ahora que saluda a ese periodista que le están presentando, utiliza su arma más antigua y poderosa: lo mira fijamente, lo reta a sostenerle la mirada con una ironía suspendida entre la aceptación y el rechazo eventuales, aunque ya sepa —aunque todos sepamos— que el hombre bajará primero la suya y ella tendrá, por lo menos, esa victoria. Claudia no podría vivir, pienso, sin una victoria cotidiana.

Sin el reconocimiento de su victoria. Cuando el periodista baja la mirada, mi madre ya movió ligeramente el rostro, lo transformó en la máscara de su triunfo habitual y está mirando a la lente del fotógrafo de *Life,* ese viejo de barba corta y entrecana que se disfraza con tweeds y proclama su distancia profesional con todas las arrugas indiferentes de un rostro anglosajón: es decir, con la máscara —también— de una fría sencillez. *Life* habrá de dedicarle la portada a mi madre dentro de tres meses; la mirada de Claudia mientras posa es la misma de hace un instante, como si hubiera aprovechado al periodista desconocido para ensayarla y ahora obtuviese, sin la espera acostumbrada a la que el tiempo, la competencia o la ley de las compensaciones nos obliga a los demás mortales, la recompensa y el reconocimiento inmediatos. Esa mirada, ahora, quiere ser libre: Claudia reconoce en el fotógrafo a un profesional y lo respeta. No obstante —entonces esa tensión relajada, esa permanencia ajena, no son enteramente gratuitas— mientras el obturador de la cámara se dispara una y otra vez, mi madre no acaba de engañarse, no se resigna a saborear su triunfo y posa, posa, posa hoy para una portada que saldrá dentro de tres meses porque, además del reconocimiento de la victoria de hoy, de cada instante, quiere y teme el tiempo que la rodea, le huye y sólo puede capturarlo hoy, una vez más hoy. Una fotografía, una película más, hoy mismo, para que su tiempo futuro siempre sea el tiempo presente de su belleza. Admiro su tensión y su entrega; su dominio total ante esa Leica es idéntico a la exigencia que se impone ante una Mitchell en los estudios Churubusco o Cinecittà.

Como yo, todos los presentes se han ido deteniendo, mirándola, con los vasos en las manos y los cigarrillos colgando estúpida, vencidamente. Para los agentes de publicidad, semejante maravilla sólo es obra de ellos; su credencial de trabajo. Claudia se abraza a sí misma y es una pantera oscura; peligrosa y tierna. Los periodistas observan de lejos, ávidos, con temor, su permanente manantial de noticias; las ocho columnas (o la columna, simplemente) son una institución creada por y para Claudia Nervo. Mi madre ríe ficticiamente, arroja la cabeza hacia atrás, se acaricia el cuello; las manos y la piel toda, del color de las rosas blancas. El escenógrafo, entristecido, sabe que no existe decorado cinematográfico capaz de opacar la presencia de Claudia, aturdirla o evaporarla bajo una masa de cartón-piedra. Claudia apoya la barbilla contra el puño cerrado; joven, gratuita, intensa. El director de la película, con los huesos encogidos, se resigna a la calidad ancilar de su trabajo en una película de Claudia Nervo. Ella coloca los brazos en jarras y, de pie, cruza una rodilla sobre la otra; es una garza. El couturier imagina el precio de la modelo ideal y la obligación de restituir los honorarios; una justicia y una gratitud que no pueden ser mencionadas. Claudia se acurruca en un sillón, inalcanzable, fetal, creadora de sí misma. Las siete, ocho, doce muchachas que la rodean quedan opacadas a pesar de la exageración juvenil de sus ropas: las botas blancas, los pantalones de cintura baja, las faldas infantiles, los sombreros extravagantes, de cazador africano, de obispo flamenco: ellas también posan, como satélites, aisladamente, conscientes de sí mismas, de su abandono y de su cercanía, intentando la reproducción de los gestos de mi madre con todo el fracaso de la juventud puramente adoratriz o puramente envidiosa.

Claudia se incorpora con la lentitud del sueño vivido, un sueño de ojos abiertos, brillantes, que anuncian su propia pesadilla; el fotógrafo no deja de disparar, al fin nervioso, molesto de que los invitados se hayan alejado, hayan dejado un vacío en torno a mi madre. Grita en inglés que no desea fotos aisladas, sino placas de Claudia en movimiento, en el coctel, rodeada de gente. Los mozos se han detenido con las bandejas llenas de botanas y copas y ahora el movimiento de mi madre es inequívoco, salta por encima de la situación inmediata, la deja atrás y adelanta un brazo, agitándolo, señalándome con sus dedos, a mí que sólo tengo ojos para la manga del pijama negro que resbala hasta el codo y revela el hermoso brazalete hindú, la serpiente de oro que, como todos los amuletos, distingue y esclaviza a su dueño.

Yo avanzo, incrédulo, hacia mi madre. Hacia las palmas de sus manos, abiertas y adelantadas, como si recibiera a un hijo pródigo que al mismo tiempo fuese un príncipe encantado. Oh, mamá, mamá, es cierto, me llamas, me atraes, sólo tú me miras, toda esta gente no; no saben de mi existencia, o no la mencionan. Me has ocultado tan bien. Y ahora, desde el centro de tu mundo, tú me llamas, a mí que tan a propósito llegué tan inoportunamente a este coctel preciso y pragmático, que tiene lugar para anunciar la filmación de tu nueva película...

—Véngase, galán. Nomás usted nos faltaba.

Claudia no me mira. Detrás de mí —a él lo miran todos— entra a la sala el actor que la acompañará en la famosa película. Las cámaras de cine y televisión redoblan su maullar y ese hombre sin rostro, oloroso a lavanda, llega hasta ella, se inclina, besa las manos unidas de mi madre y ella se incorpora y los dos se detienen, tomados del brazo, frente a mí, ocultándome, y yo me hago a un lado.

...personality is an unbroken series
of successful gestures.

FITZGERALD, *The Great Gatsby*.

El auto me había seguido desde la salida de la escuela. Yo me di cuenta de que un auto me seguía a vuelta de rueda pero no me preocupé porque mi vida era normal y tranquila. Sólo salía de la casa de la abuela para ir al colegio y regresaba a pie, todos los días y siempre solo porque siempre tuve pocos amigos y no era muy bueno para los deportes. Me gustaba caminar solo por las calles de Guadalajara, que es una ciudad fresca y cristalina, con un aire limpio que sabe a lluvia imprevista y lagos próximos y que lo recorta todo nítidamente: las calles, los jardines, la gente que es quieta y ladina y habla con circunloquios.

—Súbanlo, súbanlo.

Casi no resistí, porque no entendía nada y porque antes todo estaba permitido, la abuela me mimaba y yo me encaramaba a un taburete y luego alcanzaba la repisa más alta donde la abuela tenía en jarros la cocada y envueltos en papel los piloncillos en los que los dientes se clavaban tan a gusto y luego la abuela decía: —Un ratón anduvo por aquí —y nada más: me subieron al coche y la mujer que olía a zorros perfumados dijo:

—A México, pronto, no hay tiempo que perder.

Me apretó contra ella y me dijo que era mi madre y yo levanté la mirada y encontré, más entonces por ser la primera vez y ser la sorpresa, mi propio rostro de niño convertido en otra cosa, en unos labios que me besaban y luego se separaban de mí para decirle al hombre que manejaba:

—Corajón que va a hacer el padre.

Siempre había pasado esas horas bajo los aleros de las ventanas, protegido e inútil, con la euforia creciente, cálida, de esa soledad que era idéntica a la felicidad. Casas de Jalisco: todo, todo lo conocido, esa estampa fija, ese lugar común, los muros gruesos, los techos acanalados, la crestería, los muros externos, blancos encalichados, que eran apoyo de los muleros detenidos bajo la lluvia para encender los cigarrillos crujientes; y de los obreros de la construcción vecina cuando, bajo el sol, comían los tacos y bebían el tejuino y dormían la siesta. De las beatas oscuras que desfilaban, como hechiceras impotentes, perseguidas por el demonio ubicuo, entre una iglesia y otra, y de las filas de niñas morenas, vestidas de raso azul, coronadas de lirios menguantes, que esperaban el paso del Arzobispo, del Primado báquico, negro y escarlata. Las fachadas de cantería y los nichos reservados a San Francisco Javier y San Luis Gonzaga a los lados del zaguán de madera, y las viviendas de artesanos que se perdían, numeradas, estrechas, de taza y plato, a un costado de la casa.

Todo esto, y más al entrar por la puerta cochera al patio de arquerías rodeado de las habitaciones y salas y al encontrar, en éstas, los cuadros opacos de señoras bigotudas con guantes transparentes y jacintos en el pelo negro; de ancianas con mitones de encaje y ojos verdes; de hombres con altos sombreros negros, plastrón, levita, leontina y una tarjeta con el propio nombre entre las manos enguantadas; de niñas de cera, pálidas y amponas, con cofias funerarias, rosas en el corpiño y las manos unidas devotamente, con los mismos mitones de las ancianas que aún no morían; de niños vestidos como héroes nacionales, con falsas patillas, tricornios emplumados, espadines de hojalata y los guantes militares metidos entre el cinturón y la casaca. Todo esto, hasta el confín de las recámaras pintadas color mostaza, desnudas, armario y aguamanil, mecedoras y cama de cobre con mosquitero y tablones disciplinarios, todo, todo, conducía a un sentido final de devoción, de tacto ausente. La devoción y el tacto secretos, murmurados, de estas penumbras creadas, de este recogimiento voluntario que transfiguraba las ocasiones de la calle, las amenazas del mundo, en un receptáculo final de los deseos sometidos.

Y si toda la casa en Guadalajara era este seno cálido y ciego, allí, bajo los aleros, estaba el nicho absoluto de la separación devota, del aislamiento protector. Yo me acurrucaba, extendía las piernas, volvía a recogerme, abrazado a mí mismo, temeroso de que ese calor eufórico del vientre no pudiese prolongarse y allí pasaba horas enteras.

Pero cuando todo fue hablar de robachicos, se han soltado los robachicos, deben ser las gitanas, las brujas, las lloronas, los rateros con sus ganzúas, los bandídos que cortan los dedos de los niños, los envuelven en masa de tamal y los venden en el mercado, los cirqueros que los convierten en payasos, los entrenan para saltimbanquis, les deforman los rostros y les hacen cargar baúles para que se queden enanos y luego explotarlos en las carpas ambulantes; ha de ser Caracafé, el monstruo sin rostro, el fantasma necesario de estas casas quietas y sombrías; cuando llegó la época de los robachicos, tan puntual como la fiesta de la Purísima Concepción, abandoné los aleros demasiado próximos a las ventanas y las manos largas y me metí debajo de la cama, ya larguirucho y huesudo a los nueve años, con los ojos negros y grandes y la piel aceituna y las facciones finas y el cabello lacio, güerejo, separado ahora por esos cuatro telones de las cobijas de estraza, y equidistante de las cuatro patas de cobre, tan altas que me permitían sentarme allí, solo, como en silla consistorial, en la época de los robachicos, con los pañuelos de papel y la bacinica llena de agua.

Eran las horas buenas. Amarraba un pañuelo a otro o anudaba uno solo, hacía bolas con el papel y lo mojaba y esculpía a mi antojo. Así nacían las cordilleras, los palacios, las brujas y los tecolotes, las coronas, los ángeles, húmedos y flexibles, tiesos y secos, posesionados de su palacio bajo y oscuro, de su ciudad de tinieblas, que también podía ser un brillante salón de baile cuando reunía las veladoras de la abuela debajo de la cama. Los nuevos seres de papel y tela eran manipulados por el niño que fui yo, siempre solemne, risueño cuando la abuela gritaba no te me andes escondiendo, qué picardías te traes, la merienda está lista, tu padre está enojado, sal Mito, ni creas que me asustas, va a venir la llorona por ti, el coco, Caracafé, es la época de los robachicos, ¿dónde estás?

Quiero que lo sepas todo. Éste es mi cuento.

DENTRO Y FUERA DE LAS GRUTAS ENCANTADAS

> All camp objects, and persons, contain
> a large element of artifice.
>
> SONTAG, *Notes on Camp*.

Los que han quedado en la sala después de la función
de prensa —la secretaria de mi mamá y el galán de la
película— tratan de conversar amablemente y siguen
comiendo cacahuates y sandwiches de paté aunque en
realidad sólo estén atentos a lo que pueda escucharse,
a las voces que llegan o se pierden desde la recámara.
Yo no quisiera estar aquí, en la alcoba, sino abajo,
en la sala, pensando que el pleito no es conmigo y que
yo, como la secretaria y el actor, estoy sentado comiendo bocadillos y haciéndome el disimulado mientras
las voces se acercan y se alejan, se levantan y se apa-
ciguan y los dos quisieran escuchar pero las conven-
ciones los obligan a estar allí como si mi madre y yo
no riñéramos en la recámara alfombrada, decorada con
todos los mates del castaño.

El tenor de la voz de Claudia nada tiene que ver
con el orden escrupuloso de la habitación. Siempre
pienso que una voz así, tempestuosa y como a punto
de romper el cristal —las malas lenguas dicen que
es una voz de sargento: yo, que quiero atribuirle un
secreto, he inventado que es la voz de una concepción solitaria— debía llegar acompañada de un desorden cualquiera, pero evidente, físico, visible en las
cosas que la rodean.

No es así y ahora mismo, sin dejar de turbarme con
su mirada y concebirme con su voz, Claudia avanza
hacia mí, ordenando: alisa con las manos la cobertura

de la cama, aplana una arruga del tapete con la zapatilla de seda, se dirige a ese puerto final de su belleza, el tocador donde todo está en su sitio...

—¿Quién te dio permiso de usarlo? ¿Quién?

—Fue un error, simplemente. Como tengo uno igual, me equivoqué.

—¡Vaya disculpita! Si no me quejo tanto de que lo uses, como de que me lo devuelvas hecho una gualdrapa.

—Lo dices como si se lo hubiera prestado a un pelado.

—Míralo y dime si no parece.

—Sólo me lo puse yo. Te lo juro. Lo usé. Las cosas se usan y se gastan, ¿sabes?

—Deja de impacientarme. Ya traté de ser generosa contigo. Ya te dije que te lo puedes poner, con tal de que no me lo regreses como una pilcha. Pero si no quieres entender, entonces te digo que también me empacha que te lo pongas tú, como si no tuvieras tus propias cosas.

—Como si no me las pagaras tú, querrás decir.

—No he dicho nada. Date de chicotazos tú mismo, si quieres.

—Te digo que fue un error.

—Sigue con tus errores y yo voy a terminar con una gaveta llena de puras chirlas.

—Sólo me lo puse yo.

—Oh qué necio. Chole con chole. No repitas lo mismo.

—Sólo yo. Son mis manchas y mi sudor, míos...

—Mira, Mito. Ya no alegues. Quédatelo.

Todo el tiempo, los dos nos hemos mirado: entre ambos, está ese suéter de cachemira gris perla, arrojado sobre un sillón de terciopelo crema, y el tono de nuestras voces, que no sé transcribir al instante, que sólo existe cuando la distancia se ha interpuesto, es alto y agrio. Pero como las detesto, o no sé escribirlas, evito las exclamaciones, los signos ríspidos que estarán añadiendo a nuestra disputa, allá abajo, la secretaria y el galán mientras conversan y disimulan y comen sandwiches de paté. No nos hemos mirado: yo le hablo de ese suéter y ella recorre la recámara sin mirarme, ordenando los detalles y mirando, también, hacia el suéter, pero sólo al referirse a él: ella con esos gestos increíblemente prácticos, eficaces, como si de esa manera se recuperara de la fatiga nerviosa de un desempeño público a la vez fantasioso y calculado.

Ella viene de una tierra de ganaderos y revolucionarios, de gente a caballo, que combate las extremidades del clima; gente que sabe cortar leña y caminar del lado sombreado de la calle. Esas cosas. A veces se me ocurre que la vida pública de mi madre es como su invierno en el Norte; el frío excepcional autoriza gestos excepcionales que, siendo de defensa, son aceptados aunque su intención sea teatral: esto lo he visto en las calles de las ciudades invernales. El frío es otra excitación, más de la mente y de la máscara que de los sentidos; estimula ciertas actitudes de violenta elegancia en los momentos de arroparse, salir a la calle por las puertas giratorias de un hotel, situarse ante el espectáculo de la acera y ordenar un taxi. En el frío, con el telón de fondo de un hotel de lujo, podemos ser una mezcla aceptable de Greta Garbo y Boris Godunov.

Y su vida privada, como un verano del desierto, en el que la defensa no se encuentra en el relajamiento sensual al que el calor, traicionero, nos invita, sino en esa exactitud práctica que elimina los movimientos superfluos. En el calor no debe beberse agua fría, sino café bien hervido. Nivelar las temperaturas del cuerpo y del ambiente. Como ella en este instante.

—Ya no alegues. Quédatelo.

Recojo el suéter.

No tiene sentido, esta vez, apretarlo contra mi pecho, olfatearlo con los ojos cerrados. Es inútil, esta vez.

Me acerco a la puerta de la recámara y la abro. La abro para que esas dos personas puedan oírme allá abajo, en la sala, donde yo quisiera estar oyéndome a mí mismo cuando me detengo con el suéter empuñado y le grito:

—Te odio.

No sé si repetirlo en voz alta mientras desciendo, rápidamente, por las escaleras de mármol. Todo esto podría ser una repetición —un ensayo— de algo. Me quedo callado porque voy repitiendo entre dientes, mientras me abotono el saco y veo mi reflejo en los espejos manchados a propósito, con la intención de darles un aire antiguo. Repitiendo e inventando. Que ella tuvo que hablar de ese suéter que le devolví hace una semana, para no mencionar la verdadera razón de su enojo. ¿Por qué no me llamó por teléfono al recibir el suéter? O si prefería decírmelo cara a cara, ¿por qué no me convocó, como otras veces, sabiendo que, indiferente a la naturaleza del encuentro, yo iría alegremente a él? Lo sabe, lo sabe y ahora sólo utilizó el suéter como un pretexto para enojarse sin decirme que fui inoportuno, que pude escoger cualquier otra tarde de la semana, menos ésta, la del coctel de prensa. Cruzo el hall sin mirar hacia la sala, donde la secretaria y el actor se levantan de los sillones al verme pasar. Quisiera ver el rostro de ese hombre; ver, siquiera, si posee un rostro y no sólo un aroma de lavanda. Me detengo al abrir la puerta principal. No, no se levantaron por cortesía hacia mí. Esperaban que yo saliera para dirigirse, inmediatamente, a la recámara de Claudia. No, esto también lo estoy inventando. En el umbral el calor de la casa, del hogar, se encuentra con el frío seco y súbito de la noche. No. No se han movido.

Llego al Lancia estacionado, subo y arranco.

—¿Quién eres? —arranco y arrojo el suéter a un lado, sin mirarla todavía, sólo seguro de su presencia y de su perfume dentro de mi auto, del roce de su brazo desnudo contra mi hombro. Me ciegan, en seguida, los faroles de los otros autos que descienden por la Avenida de la Fundición.

—Bela.

Asomo el rostro por la ventanilla antes de unirme a la fila de vehículos que buscan la ruta corta entre el Ángel y las Lomas.

—¿Te conozco?

—No. Llegué aquí hace un mes, apenas.

Qué importaba. El actor subiría o ella bajaría. Era lo mismo. La secretaria sería, otra vez, el conducto. Esa Celestina con su eterno traje sastre y su rostro bien polveado y su pelo corto, esa excrecencia de la libertad que mi madre, en cierto modo, conquistó para todas. Ruth, fiel como puede serlo, no un espejo, sino esa procreación paralela, el íncubo, el familiar, el perro gordo o el conejo bien cebado.

—¿Dónde la conociste?

—En Italia, el verano pasado. Mientras filmaba.

—¿Te escogió?

—No. Creo que me aceptó. Como a las demás.

Sí. Lo conduciría por los peldaños de mármol, atado ya, seguros ambos de todos los actos de esta fatalidad ritual, de esta sucesión prevista, como la nomenclatura de las calles. Giro en la glorieta hacia Masaryk y me detengo y temo que las luces encontradas, la del semáforo y la del banco, la de la pastelería y las de los anuncios, reflejen en el parabrisas el rostro que no quiero ver.

—Te atrapó, quieres decir.

—No. Me atrajo. Yo estaba en Positano de vacaciones y una tarde la vi salir del mar. Yo estaba recostada en la playa. Ella se agitó el pelo y me miró de esa manera, tú sabes...

—Y tú bajaste la mirada.

—Sí.

—Naturalmente.

Debían estar frente a la puerta. Ruth tocaría con los nudillos, ligera, cortesana, "¿Se puede?" y su mano abriría la puerta que ahora imagino pesada, de madera negra, de goznes viejos y rejilla de fierro, como al hombre sin rostro me atrevo, casi riendo, a darle un nombre: Buridán; lo llamaré Buridán y me esconderé debajo de la cama de la abuela a darle forma con dos pañuelos mojados y leeré las historietas prohibidas de la reina en la Torre. Los traspasaré con alfileres mientras gimen y resoplan encima de mí, sobre el colchón.

—Entonces, no conoces el juego.

—Tonto. Si lo que me atrae es descubrirlo.

—Pero no puedes romper las reglas, no puedes...

Cierro los ojos y ella me dice: —Cuidado. Coloca su mano junto a la mía, sobre el volante. He olvidado ponerme los guantes de manejar. Retiro la mano del volante, la que está junto a la de la muchacha. Busco los guantes en el asiento, sin mirarla. Los encuentro y me los pongo, con los dientes. Ella quiere ayudarme y si la dejo, si tolero sus manos sobre las mías, es porque el actor, Buridán, ha entrado a la recámara ordenada, eficaz como la oficina de un magnate. Veo la sorpresa de su mirada falsa, la que acabo de inventar como si yo tuviera un lápiz y pudiese dibujar las facciones de todos esos hombres a mi antojo. Y luego borrarlas. Su asombro. Mañana voy a reír con Claudia. Ah, cómo nos divertiremos mañana. Le diré lo que imaginé y ella confirmará, muerta de la risa, que así fue. Me abrazará y los dos reiremos mucho y nos besaremos.

—¿Cuáles reglas?

—Yo no existo.

Era como entrar a un cuarto de operaciones. A un hospital desnudo donde la imagen de la salud es idéntica a la de la enfermedad; donde el cirujano es el verdugo. Qué risa, Claudia, Buridán, el tonto que te desconoce, el tonto que cree que esto será como los demás, los anteriores, le han contado al inventar en defensa propia tu fábula, entra a tu limpia y ordenada celda de sacrificios, a tu jaula de leona disfrazada de monja, a tu claustro blanco como los laberintos de un hospital.

—Y si me reconoces, tú vas a dejar de existir, Bela.

—Bromeas. Me imaginé que eras extraño. Cuando entraste esta tarde y quise averiguar tu nombre, todos me contestaron en voz baja. Como si fueras un secreto o algo. Pero me gustaste.

¿Qué esperaba el tonto? ¿La continuación del set cinematográfico? ¿Dalila recostada sobre una montaña de pieles, abanicada por dos eunucos persas, protegida por una guardia de sarracenos, contemplando la danza de veinte doncellas nubias, vestida con plumas de colipavo, diademas de turquesa, portabustos de madreperla? Oh, Buridán, la reja del serrallo se abrió y tú esperabas a Theda Bara. Ahora sabrás, pobre de ti, que mi madre devora porque no admite la ilusión y castra porque su vida es más violenta que tus lentos sueños, miserable tortuga perfumada y sin rostro.

—Soy un secreto. ¿No te lo explicaron? Claudia Nervo no tiene un hijo. Y menos un hijo de veintinueve años. Saca las cuentas.

—Bah. Ella no tiene edad.

—Todas empiezan así. Todas dicen lo mismo, al principio.

Una operación precisa. Sin cloroformo. Exacta como la solicitud del bisturí. Matemática como la incisión. Perfecta como la extracción. Impecable como las suturas. Y todo sin cloroformo. Fue Baudelaire quien comparó el acto de amor con una tortura o con una intervención quirúrgica. Las calles de México están palpitando, Bela sin rostro, porque están completamente vacías. Mira a lo largo del Paseo de la Reforma, ahora que giramos en la glorieta del Ángel, y dime si ves un rastro de vida en este desierto, dime si ves tus cafés al aire libre, tu bullicio. Dime si ves algo más que unas angulas dentro de sus latas de carrocería americana, como tú y yo que no nos vemos para mejor inventar nuestros rostros: ¿quieres darme su cara, que es la tuya? No me vaciles, Bela. Mañana conocerás el verdadero juego, cerrado e implacable. Si eres la más reciente, a ti te tocará el bocado. De cardenal o de sacristán, chi lo sa? Y entonces te reirás de mí o llorarás al recordarme. ¿Ya ves? Te preparo para la venganza, al negarme a hablarte directamente, al utilizarte como parte de mi distracción y mi monólogo. Distracción y monólogo: ¿no son lo mismo? Como mi cloroformo.

—¿Dónde vives?

—En Insurgentes.

—Guillermo.

—Ah. También te dijeron mi nombre.

Ahora ríe, Bela, ríe de esa manera alegre y libre y cariñosa, anúnciame tu rostro con tu risa de ragazza independiente, de pajarillo que vuela del agosto en Positano al enero en Cortina al octubre en las boites de la Via Veneto al abril en... No, Bela, tú nunca has estado en Madonna dei Monti. En la primavera. ¿Verdad?

—Y tú, ¿dónde vives?

—¿Aquí?

—No. Eso ya lo sé. En Italia.

—Soy romana. En Parioli.

Sube y baja las siete colinas y Parioli elegante y en curvas, sube y baja, sus ventanales y escalinatas y apartamentos modernos y su vida sin dulce, provinciana y localista, donde nadie habla sino italiano y las formas, el gusto, el decorado sólo son aceptados en el recuerdo, presente pero pasado, nunca en la irrupción vulgar y ofensiva de lo recién inventado.

schifoso Fellini que convierte a Botticelli en Mandrake el Mago. ¿Tu quoque, Narda? La operación habría concluido. Buridán-Lotario, vencido, calvo, yacería boca abajo sobre la cama inmaculada, donde sólo Margarita de Borgoña se ha atrevido a separar las sábanas después de la cirugía, y no para reposar, sino para excluir la exhibición post-mortem. La operación tuvo lugar sin apartar las frazadas, sin deshacer la cama. Allí yace Lotario, Buridán, Sansón, menos íntimo que en un motel cualquiera, fláccido y vencido sobre las sábanas respetadas. La piel de leopardo le cuelga, desinflada. El fez ha caído al suelo. Los secuaces de la Reina lo envuelven en su propia piel. Lo levantan. Lo arrojan al Tíber. Antes de que pueda crecerle el pelo. Oh qué jirones de comic strip, de fumetti. . .

—¿No lees los fumetti?

—Ja, ja. Posé dos años para ellos.

—Ah. Trabajas. No eres de las ricas.

—No. Claudia me pagó el pasaje.

—¿Qué? ¿Tienes deuda con ella?

—No. Te digo que me lo regaló.

Ahora me toca a mí reír. Así reiría Claudia en ese instante y yo con ella, sin verlos. Ruth estaría detrás de la puerta, o espiando por la cerradura, o quizá detrás del espejo si, como lo he llegado a sospechar, ayer o algún día Claudia acepta esa proposición imaginaria de Ruth: que el espejo sea reflejo en la recámara y pantalla en el vestidor contiguo. Me felicito: he resistido la tentación de mirar a Bela y ya estamos en esta avenida monótona que, dicen, empieza en el Bravo y termina en el Suchiate. Qué de selvas y desiertos, Dios mío, qué de nopales y muros silenciosos: qué de espacios sin consagrar, esperando que el aire se convierta en templo. No, perdón, no acostumbro ser tan nervioso. Quisiera puntear de otra manera mis impresiones. Pero ¿cómo hacerlo, esta noche entre todas y ya tan cerca de mi apartamento, sin haber mirado a Bela, sin haber imaginado la verdad verdadera de lo que ha podido suceder en casa de mi madre esta noche, durante los cuarenta instantes que llevamos rodando por las calles de México? Si sólo pudiera ir más lento y alargar esta historia. Quizá la negaría. Son otros momentos y otras historias los que reclaman la pausa. Alguna vez llegaré a ellos y quizá alguien las escuche. Quizá Bela, si no cae en la trampa. Si no ha caído ya. No. Debí conocerla antes, cuando viví en Italia, antes de que ella supiera nada de Claudia. Antes de frenar el auto frente a la casa de apartamentos donde vivo, en Insurgentes Sur, antes de Félix Cuevas: lejos del espacio de mi madre, en el otro extremo de la ciudad. Junto a un supermercado. Antes de abrir la portezuela sin mirar todavía a la muchacha.

—¿Hiciste buen viaje?

Desciendo y su voz me sigue mientras ella, a su vez, abre la portezuela y muestra los dedos desnudos de los pies, las sandalias doradas, sin tacón:

—Magnífico. Qué emoción. Se reunieron en Fiumicino todos mis amigos, sabes, como si me fueran a despedir para siempre...

El pantalón blanco, las piernas y las rodillas.

—Venir al Messico. El fin del mundo. Me dieron cestas con frutas y botellas de vino, discos, gelsomini, ¿cómo se llaman en español?

—Jazmines.

Las colas del abrigo que acaba de ponerse. Un peajacket, un abrigo de la marina mercante de los Estados Unidos, pero con nuevos botones, brillantes.

—Todos mis amigos, ¿tú entiendes?, Sandro Costa y Pierluigi Montale y Giancarlo Adelphi...

No necesita, al fin, mostrar el rostro. Lo adiviné porque lo temí. Lo muestra al salir del auto, cerrar con violencia la puerta y repetir:

—Giancarlo Adelphi.

Me revela su impudicia, su pelo negro y suelto,

obviamente teñido, quizá una peluca, su ceja arqueada, falsa, pintada a propósito, imitativamente, como el arco de los labios y el falso lunar del pómulo. Me sonríe para que me reconozca en ella otra vez, como me reconocí en la mujer de los zorros perfumados que me raptó de la casa de la abuela. Disfrazada de Claudia y entonces disfrazada de mí y con ese nombre en los labios, negando todas mis singularidades, invadiendo mi propiedad, mofándose de mi identidad, saqueadora, llorona, robachicos. Inconsciente.

Me arrojo sobre Bela, me detengo ante su mirada alegre y sin misericordia, levanto la mano y la hago caer sobre las costras de falsa pintura y si grita o llora o cae de rodillas, no lo sé, no me entero. Corro a mi casa, cruzo mi umbral y sé lo que es: la frontera de mi país privado, de mi zona sagrada.

Mi gruta encantada: así la quise, como la veo esta noche, jadeando, reclinado contra la puerta de este claustro vegetal mío pensado por mí construido por mí: mi naturaleza. Ha crecido como una selva; sé que así lo quisiste tú; quisiera que tú y nadie más viera lo que he logrado a partir de ti, de una vieja fotografía del apartamento de Sarah Bernhardt, de un viejo volumen de la Salomé ilustrada por Beardsley: mi continuidad está aquí y agradezco la fatiga fría, el sudor nervioso que me obliga a detenerme en el umbral y sentirme un objeto más, devorado por los extremos de la línea liberada: sierpes de todas las paredes cubiertas de seda escarlata: allí se trenzan las líneas puras y libres que encuentran todas sus combinaciones, todas sus conjunciones, todas sus fusiones. Hay una violación que libera cuando se encuentran dos extremos lineales, sin origen ni fin: nudos desatados, paralelas anudadas, pistilos delgados y quebradizos de vidrio opaco, lámparas de gotas de emplomado que son flores cerradas y frutas abiertas, cortinas de pedrería, de canica y de silabario: barrotes como rosarios entre la sala y el corredor, biombos de cisnes y danzarinas flacas, de costillar visible entre un espacio y otro de mi apartamento. Arañas de plomo suspendidas de un cielo raso de boj labrado. Aquí estoy aislado. Aquí regreso, como los incas, a renovar mi energía; no a la casa desnuda de las familias enguantadas, no a la zona rival de mi madre, no a ese nebuloso modelo que tú me ofreciste: sólo en este espacio me renuevo. Cerca de mis lámparas Tiffany y mis muebles Guimard. Exhausto, sólo tengo mirada: me entrego a través de mis ojos al llamado de los platos en relieve de Lalique que adornan la repisa cerca de la mesa donde como, llena de ceniceros torcidos, iluminada por largos y fluyentes pedestales eléctricos y lámparas escondidas detrás de pétalos de tintura esfumada, graduada desde su intensa base hasta su pálida apertura. Fuentes de plata donde nadan las algas secas. Bebo mi decorado de taburetes turcos y divanes hundidos bajo el peso de las sedas pintadas y los tapetes persas, los cojines cuajados de perlas y las almohadillas de raso intocable. El claustro me envuelve; mi temblor fatigado lo recibe sin aristas, sin pisos, muros, ventanas; soy parte de la materia de este cáncer barroco, de esta proliferación sin horarios, curvilínea y flamboyante, en la que los objetos nadan ante mi vista como pólipos, amibas, medusas, células rebeldes de un organismo libre para devorarse a sí mismo. Las líneas saltan de los marcos de agua: Salomé ha recogido la cabeza de Jokanaan para besar los labios muertos. Claudia es la Salomé gitana de pezones morados y garras de rubí. Yo, el terror masturbado de ese niño-anciano, frío y lampiño. Bela, todas las novias traslúcidas en medio de la abundancia gregaria de los monstruos. Tú, cabeza del Bautista, creadora de su propio lago de sangre y lirios desfallecidos. Tú, melodía ondulante, río de nombres en llamas: San Juan nos dio nuestros nombres, como tú los míos. Nombres de todo lo que me rodea en esta gruta conquistada, de todo lo que se suma a la sustancia del vidrio y el plomo, de la madera y el hierro: pavorreal y girasol, erizo y aguamala, hiedra y vid fermentándose en sus cárceles de seda y yeso. No quiero tocar nada. Todo el decorado se filtra hasta las uñas y las yemas de mi piel como a través de una larga, loca, perfumada, negra cabellera de mujer. Todo crece: me alejo del umbral que quiere darme advertencia: paso es pasión. Pero los muros sitiados buscan el refugio de las murallas sacras. Se traza un círculo y la epidemia no lo penetra. La zona sagrada me aísla y me continúa: afuera queda lo profano.

Aquí caigo, separado, sobre el diván, como todos los seres, abejas y ratones, hormigas y arañas, murciélagos y micos de noche, que necesitan un agujero para sobrevivir. Para dormir, vencidos.

Dormiré solo. Bajo la vieja foto de un santo devorado por las enfermedades secretas, de una vida mordisqueada por el tiempo. Dormiré bajo la efigie del Baudelaire de Nadar y como él tendré miedo del sueño como se tiene miedo de un enorme hoyo. Dormiré solo, cerca de la reproducción del cuadro de Sarah Bernhardt en su apartamento, acompañada por un galgo sumiso. Y entre los dos, soñaré con el mundo de las mujeres, ondulante, perfumado, brillo en movimiento...

EL TELÉFONO BLANCO

...And one fine morning...

FITZGERALD, *The Great Gatsby*.

—¿No te desperté?

—Claro que no. Me acosté temprano y llevo horas trajinando.

—Temprano...

—En cuanto te fuiste.

—¿Y ahora qué haces?

—Ya te dije. Todas las cosas andan desgarriatadas y la filmación empieza el día 2. Ruth ya no da de sí y tenemos que escoger como veinte tacuches nuevos para dejar con la niña del ojo vestida de amarillo a los europayos. Ya sabes que yo cargo con el honor de la patria... Ni te cuento: antes la imagen de México era Pancho Villa y ahora soy yo.

—¿Entonces te vas muy pronto?

—¡Dónde vives, ángel! Está listo el breakdown, encontraron las locaciones en Italia, tengo los boletos de avión en la bolsa.

—Lo de siempre.

—Sí. No veo de qué te sorprendes.

—Sólo diez días más.

—Ni más ni menos. Ahora dime para qué llamaste...

—Mamá, es que ayer...

—No tiene importancia. No pasó nada.

—Quería reconciliarme. Es todo.

—Tesoro. Si ahí donde me ves hecha un remolino negro, pienso en ti más de lo que crees.

—¿De veras?

—Palabra, santito.

—Ay, cómo quisiera estar junto a ti ahorita.

—Yo también, te lo juro.

—Sabes, si pudiera colarme por la línea telefónica y llegar hasta ti y darte un beso...

—Lamerme, dirás.

—Mamá...

—Las heridas no se besan, se lamen.

—Sí, entonces eso, si quieres. Pero yo no te herí.

—¿Y entonces? ¿Qué crees que gritaste al salir del cuarto? Y con esa pobre gente con las orejas bien paradas allá abajo.

—¿Y tú? Ni que fuera un fotógrafo más; qué va, al fotógrafo siquiera lo saludas; un criado más, con las botanas...

—Quién te manda. Ya sabes que mi vida profesional es una cosa y mi vida privada otra. Metiche. Tú te lo andas buscando.

—¿Qué hiciste cuando me fui?

—¿Estás atarantado esta mañana? Me dormí. ¿Cómo crees que me sentía después de la variedad ésa?

—Ya lo dijiste antes, tienes razón. Perdóname.

—Oye, ¿de qué? Conmigo los rencores no van.

—Sí, ya lo sé. Pero... pero si a la media hora de salir hubiera regresado a pedirte perdón...

—Me hubieras encontrado en cama, con un nembutal entre pecho y espalda.

—Estabas sola.

—No. Ruth me dio masaje mientras la píldora me hacía efecto. ¡Hmmm! Si vieras cómo amanecí de fresca y retozona.

—Qué ganas de estar contigo.

—No hay tiempo hoy. He vaciado todas las gavetas. Esto parece un campo de batalla. Con lo que odio el desorden.

—Déjame pasar un rato.

—No. Tú tienes la culpa.

—¿Por qué?

—Ya te dije. Por venir ayer sin permiso, cuando

esto estaba lleno de gente. Si te esperas tantito, hoy me encuentras sola.

—Noto que llevas varios meses sola.

—Me recupero, santito.

—Déjame reír.

—¿De qué, tú?

—Qué selectiva te estás volviendo. ¿Te olvidas que llevamos veinte años de feliz reunión?

—Seguro. Y mírame qué enterita sigo.

—Oh, mamá, qué necesidad hay...

—¿Necesidad? Necesidad los presos que ya no ven la banqueta...

—Por favor. No hablé para pelear.

—Todavía te falta mucho entrenamiento para decir que peleas conmigo.

—Tienes razón. Sólo lo dije para convencerme.

—¿De qué, santo?

—De que lo de anoche no tiene importancia.

—Palabra que ya te perdí el hilo.

—El galán ése, el que olía a lavanda.

—Guillermo. Guillermito. Mito.

—No te rías.

—Ahi te lo mando, Herodes.

—Que no te rías. No sabes lo que...

—Te paso a Ruth. Adiós.

—¿Qué?

—¿Joven Guillermo?

—Sí, Ruth.

—A las 7:45 la Señora me mandó llamar. Estaba en la tina. La arropé en su bata-toalla. Me pidió un té de canela y fui a ordenarlo mientras ella se secaba. La Señora se metió a la cama y tomó un barbitúrico con el té. Le di un masaje. Durmió a partir de las 8:30, doce horas corridas.

—Bravo. Está bien, Ruth. Gracias.

—¿Te enteras, angelito? Ni creas que me vas a traer todo el día en tus volantines fantasiosos. Dime algo agradable.

—Lo siento.

—¿Ahora qué te traes?

—No sé. Casi tenía ganas de que fuera cierto, para reírnos juntos hoy.

—Ni quien te entienda. Adiós.

—No, espera, así no. Dime cómo lo hubieras tratado.

—¡Por Dios! ¿A quién?

—Al de la lavanda. A Lotario. A Buridán. A Sansón. A San Juan Bautista. ¿Cómo? Por favor, para reírnos. Es todo lo que quería, al llamarte, que nos riéramos juntos un poco...

—Ay, santito, a ti las pesadillas han de parecerte milagros.

—Anda, dime.

—Déjame ver... Sí, yo creo que este alcornoque se anda creyendo que hay manera de compartir el crédito estelar si primero comparte la cama. Y yo te digo que no ha nacido quién. Pero vamos a darle su ilusioncita, que al fin de eso vive el hombre y no sólo de bolillos.

—Sí, mamá, ¿qué harías?

—Pon tú que el pobre relamido éste se imagina que yo soy como en las películas...

—Sí, sí...

—...y me visto de Cleopatra y me siento en la cama a esperarlo, con dos negros a mi servicio. Yo coronada y con los párpados muy azules. Con una capa de joyas preciosas y plumas de pavorreal, ¿qué se te hace?

—Ay mamá, te adoro.

—No te rías así. Déjame seguir. Y el señorcito este entra que haz de cuenta Valentino, el cine mudo, puro tango. Los ojos en blanco y las manos sobre el corazón.

—Mamá, ya no más, me matas.

—Cae de rodillas. ¡Devórame!, grita. Y se me abalanza como si fuera a ganar el campeonato de crawl australiano.

—¿Y entonces?

—Me quito lentamente la capa, y abajo traigo unos cachorones...

—¿Qué cosa?

—Una camiseta de franela de una pieza, como las que usaba mi abuelo, picante como una tuna, toda abotonada, hasta los tobillos...

—Y luego, y luego...

—¿Qué crees? Los negros lo agarran y le dan una paliza que me lo dejan como a un Santo Cristo de los Afligidos. Telón.

—Mamá, si todo fuera siempre así.

—Es que siempre es así, cachorro, y tú no lo ves. Por mí no te preocupes. Y con Ruth tienes tu mesada, no se te olvide. Ahora que esté fuera te llegará el cheque a tiempo, como siempre.

—Pero no me has dicho lo que le pasa después a Buridán, cuando los negros dejan de azotarlo.

—Pregúntale a Bela. Adiós.

—Mamá... Claudia. Contesta. ¡Mamá! ¡Contesta! ¡No cuelgues! ¿Qué dijiste? ¡Júrame que me dijiste la verdad! ¡Mamá! ¡Júrame que no es cierto!

VIDA DOMÉSTICA

Il songeait un peu à se sauver dans un
couvent...

HUYSMANS, *Là-bas.*

Entonces no saldré en todo el día. Los perros me
tientan y me aburren, pero digo que los necesito para
distraerme. Faraón, el danés, ha estado recostado junto a mí todo el tiempo de la conversación telefónica.
Su tristeza es respetuosa y sólo al colgar la bocina lo
siento cerca de mí, recostado junto a mis pies, con la
cabeza baja que ahora levanta, moviendo nerviosamente las orejas. Pero sus ojos castaños, tiernos y
tristes, no abandonan esa terrible lejanía que uno,
siempre mentiroso, siempre empeñado en atribuir formas y ánimas del hombre a estos sabios inocentes,
quisiera indicar como el presentimiento o la memoria
del perro. Le tiendo la mano desde la· butaca. Faraón me la lame mecánicamente. Pobre Faraón, sin
memoria o destino. Su lejanía es sólo eso: una tristeza desdeñosa, sin comparación con la alegría inexistente. De cachorro sí, jugueteaba, resbalaba, se perdía
entre los cortinajes, se peleaba con los flecos de los
muebles y los drapeados. Esa alegría era tan pura
como su vieja tristeza de hoy.

Quizá yo sea el culpable. Lo acostumbré a tanta
compañía, hace ya nueve años, cuando Claudia me
sacó del internado y dijo que podía vivir solo en un
apartamento. No exageró al decir "solo". Yo la había
asediado siempre, llorando, haciéndome insoportable,
contando mentiras sobre el trato que me daban en el
internado. Ella esperó a que cumpliera los veintiún
años y, como una sorpresa de aniversario, me entregó

las llaves del apartamento. Nunca entendió por qué quería salir del internado y yo, quizá para mofarme de ella, pero también por una explicable compulsión, llené mi nueva morada de perros. Como pude haberla llenado de colecciones de estampillas. De revistas viejas. De salchichas, muchachas, banderines o soldados de plomo.

Claro, Faraón era una bola, nada más, el más pequeño entre la hermosa jauría de afganes y pastores, entre la ridícula corte de pequineses y chihuahueños que fui exigiendo, no sólo para acompañarme en este, entonces, frío lugar de techos blancos y bajos, de muros pintados, a la moda del momento, de negro y naranja, no sólo para hacerlo habitable, sino para que Claudia llegara a entender cómo la suplantaba, ah, y a cada nueva solicitud de que me comprara un perro, no sólo tuviese que enterarse de mi existencia, sino también de mi intención de llenar el lugar con una docena de canes.

Uno solo hubiese bastado para ofenderla. Pero ella no es capaz de aceptar una ofensa de esta clase. Nada. Cada perro fue entregado por la tienda, la amistad, el veterinario —no sé a quién acudió mi madre— sólo para satisfacer mi capricho. Ni siquiera se estableció esa mínima relación imaginable: la de la deuda. Claudia no pretendía comprar mi gratitud con sus obsequios. Yo, a través de mi exigencia, sólo obtuve perros y no la sospecha o la intención de ser sometido a Claudia porque Claudia me daba regalos. Con ellos o sin ellos, todo habría sido igual. Entonces esa presencia de todos los momentos sólo suplía, convencionalmente, cualquier ausencia: pude inventar que el galgo era el impostor, o el terrier la reencarnación, de cualquier alma sin nombre o significado que quisiera habitar sus cuerpos.

Las enfermedades y las comidas de los perros ocuparon mis días. La selección, arbitraria, de los que podían dormir en mi recámara. El capricho, también, de sacar a uno sólo a caminar por Insurgentes hasta el parque hundido, donde las criadas se besaban a escondidas con sus novios y los niños jugaban a los encantados. Eso no importaba ya. Sólo me queda la impresión de la corte, de ser seguido por todos ellos dentro del apartamento, mientras nivelé mi primera compulsión con la segunda: decorar de nuevo el lugar con todos los cachivaches del art nouveau que languidecían en los anticuarios menos solicitados. Pero este delirio del floreal fue sólo un homenaje a ti.

Mis pobres testigos, hoy muertos, fugados, perdidos, fieles y soberbios, sólo a veces pícaramente aislados en un intento de travesura o traición —muerde, azuza, gruñe, gime, Faraón— que, lo confieso, pudo asustarme, al grado de correr hasta la recámara, cerrar la puerta detrás de mí y permanecer en la oscuridad, prohibiendo el paso, con el olor preñado y frío de un mastín en el pasillo, a punto, quizá, de perder la encarnación transitoria, de recuperar un visaje antiguo, olvidado, irreproducible.

El olor y la muerte de los perros. Los temblores agónicos. La furia contenida del celo. Las escapatorias. El regreso fatigado, la piel arañada o cubierta de heridas y después de costras coaguladas. Los gemidos largos cuando sabían que uno de ellos no regresaría más. La intuición, el debate impenetrable cuando Claudia salía a un viaje o regresaba de otro: la ligereza saltarina de unos, el gruñir amenazante de los otros, el gimoteo funeral de la pérdida, que también podía ser el de la recuperación.

Por eso, acaso, empecé a olvidarlos, a abandonarlos.

Ella los escogió.

Ella los envió a mi casa.

Eran suyos, por más que yo los hubiese pedido.

Los discos los compré yo.

Yo mismo armé el aparato Garrard y distribuí las bocinas en las habitaciones.

Empecé a pasar horas enteras en Margolín, seducido por las brillantes portadas de los forros; fingiendo una selección lenta, aunque mi propósito fuese comprarlo todo, llevarme toda la discoteca a casa, empezar con los cantos gregorianos y terminar con los cantos mazatecos. La música se convirtió en un regreso eterno dentro de cada progresión temporal. Ocho, nueve discos a la semana eran apenas suficientes para alimentar ese aparato que más tarde dupliqué con una cinta magnética permanente, conectada con la luz general del apartamento: entrar y encenderla y oír, desde el fondo de mi cueva, una balada de Irving Berlin o un oratorio de Handel, se convirtió en otra defensa, como si la original, la de los perros y el decorado, no bastara. Mi imagen era este kimono amarillo, estos pies descalzos, este rostro firme frente a los espejos, vacilante fuera de ellos. Este joven que acaricia los discos, los protege contra el polvo, se pasea escuchando la música entre los puffs otomanos y los marcos de serpiente, entre los dibujos de Beardsley y los tapices de grecas fluyentes, escuchando esas voces,

Hier ist die Gruft

y, seguido por los perros, por todos los perros solitarios que en vano piden mi caricia o mi atención, piensa en Belén y Gólgota, en los claustros desnudos del principio y del fin. La jauría me sigue y yo enciendo un cigarrillo mirándome al espejo y tarareo y los perros gimotean, se levantan sobre las patas traseras cuando cambio el cigarrillo por un terrón de azúcar y, dejándome observar, lo chupo lentamente, lo humedezco primero y luego lo dejo desbaratarse sobre la lengua.

Me siguen, día tras día, en esta época de lluvias que me desinteresa del mundo exterior, pero lo único que pueden esperar de mí es que les abra la puerta del pantry y le ordene a la cocinera que les sirva sus filetes y sus latas preparadas. Cuando tienen sed, se dirigen al excusado. He dejado la puerta abierta y el bidet lleno de agua. Y el resto del tiempo me siguen por el apartamento, tristones, fracasados, sin oportunidad de probarse o probarme: si la poseen, esa fuerza acabará por atrofiarse.

Y si se atreven a ladrar, como ahora, yo continuaré tarareando el oratorio como si no los escuchara; y si todos se detienen frente a mí, me miran de esa manera adolorida, desencantada, y uno empieza a ladrar, y otro lo imita, y el tercero aúlla, y al final todos parecen coyotes, con los hocicos levantados al cielo y los ojos entrecerrados, amarillos, correré, no, iré lentamente hasta el aparato y lo pondré a todo volumen, hasta que las voces de la Pascua de Bach sofoquen y venzan ese coro de ladridos melancólicos y agudos de los perros que ya no me miran, que parecen confabularse y duplicar los aullidos mientras la música asciende, y yo hago girar todos los botones del sonido, buscando los tonos más altos y ríspidos, del volumen total, intolerable...

Ahora no. Ahora sólo Faraón, dócil, doméstico, me lame la mano cuando cuelgo el teléfono. Ya no escucho los discos. Los perros ya no están.

Abro la puerta y no me atrevo a reconocerla. Y ella misma, en cuanto me mira, levantando la cabeza, me da la espalda y deja caer los anteojos suspendidos con una cadena de plata.

—¿Qué quieres? —me dice con la voz impaciente.

—Es que ayer me dijiste que pasara por mi mesada.

Me detengo para arreglarme el nudo de la corbata. Ruth arroja una bata sobre un objeto que está en la cama.

—Podrías tocar la puerta antes de entrar. ¿Dónde te educaron? —Agita el brazo en dirección de Ruth, que está sentada con los papeles sobre las rodillas, al filo de la cama, mientras Claudia me da la espalda y apoya el codo en el tocador—. Ruth, tú tienes el cheque.

—Sí, está listo. —No sé si los débiles chillidos son parte de su voz. La mujer se levanta y camina hacia mí y quizá no es tan desagradable como he querido imaginarla: pulcra y gris, eficiente, con el pelo bien peinado y teñido de caoba. Suéter azul de manga corta, collar de perlas, falda de cuadros escoceses: cualquier secretaria que conoce los límites: el tono menor, soigné, jamás la ofensiva elegancia. Tomo el cheque y lo guardo en la bolsa del saco, junto al corazón.

—Los mejores internados, el colegio más caro en Suiza, y nadie le enseñó a tocar antes de entrar a un cuarto... —Se detiene, pero no se atreve a darme la cara—. ¿Qué esperas?

—¿Interrumpo algo? Porque... porque si no, me agradaría quedarme un rato.

—Como gustes.

No deja de darme la espalda, pero vuelve a ponerse los anteojos, a revisar los papeles. Si la incomodé, en seguida recuperó la precisión. Además, creo que desea maravillarme con su dominio de las cifras y los negocios. No sabía que ella misma dictaba esas cartas que Ruth acostumbra firmar en su nombre. Cartas a notarios públicos, administradores de rentas, gerentes de banco, corredores de la bolsa, agentes de bienes raíces. Creo que dispara estas órdenes y dicta estos nombres en mi honor; y no sólo para que la admire, sino para que me contente y sepa que nunca podrá faltarme nada. Sí, no sé distinguirla de sus riquezas y sabidurías prácticas, de sus frutos, de sus alimentos, de la misma manera que la tierra no se distingue de los árboles que le crecen o de los ríos que la recorren: mi madre es esta evidencia: ella está.

Sin embargo, se expone a esta mezquindad de la abundancia: rutinariamente, traslada un depósito del Chase Manhattan Bank a la Banca Commerciale Italiana, invierte una suma en cédulas inmobiliarias y, simultáneamente, ordena reparaciones en la casa de apartamentos que posee en la Avenida de los Insurgentes —allí vivo yo— y un alza de los alquileres —que no me afectará, reconozco con gratitud—. Ruth le sirve una taza de café y una tostada sin mantequilla y Claudia le tiende la hoja suelta de un diario de Nueva York. Mientras mi madre bebe el café y mastica la mitad de la tostada, Ruth escudriña la página financiera con un lápiz rojo y yo me peino frente al espejo de cuerpo entero, acomodo los espejos laterales de manera que pueda observarme a mí mismo de perfil y de espalda. Ella me observa en el espejo del tocador. Su rostro pálido, delgado, lejano, que apenas puedo adivinar, se renueva tres veces en los vidrios que me reproducen y es una imagen triple, superpuesta, de cuarzo y pisapapel, la que regresa al espejo del tocador. ¿Sería posible tener tres madres distintas? Hay pueblos que lo creen: el hombre habita, en estado fetal, las matrices fragmentadas de los sapos y los cisnes, de las grutas y los abismos antes de penetrar, mediante un contacto mágico, el vientre azaroso de una madre, simplemente, funcional: la gestación tuvo lugar en otros senos, semejantes a un cristal nocturno y disperso que la madre recogió y unió... chillidos, patas que arañan.

Chiflo suavemente. Sé que me mira, me atiende, busca un reflejo en el mío, por más que Ruth entone, monótonamente, esa letanía que apenas escucho, American Sugar 28 $7/_8$, Ampex 24, Brunswick 9 $1/_4$, Cyclop Corporation 41, Disney 52 $1/_4$, Falstaff 17 $5/_8$, Hilton International 20 $1/_2$ y Claudia pregunte sobre la fluctuación de los bonos del Gobierno de los Estados Unidos. ¿Qué cosas pertenecen a la tierra, qué cosas se manifiestan gracias a la tierra? ¿No son los bosques, la fauna, los océanos, todo, tierra? Ruth dice cuánto. Claudia ríe y levanta un puño: qué gesto militar, obsceno, partidarista. Qué problema, levantar las cosechas de la tierra cuando se cree que equivale a mutilarla, a raparla: rapto y rapiña, buitres. Está diciendo, aunque no puedo seguir su discurso exacto, que para jugar a la bolsa se necesitan informaciones confidenciales. Pero el zopilote también purifica, es el que rapta lo innecesario, la basura y los cadáveres. El tip valió la pena, exclama mi madre; parece que aunque los bonos pierden valor los intereses no hacen sino crecer; depende de la oportunidad de la inversión; no entiendo nada. Hubo que inventar todo un mito, toda una fe, toda una razón, para justificar el cultivo amoroso de la tierra y vencer la repugnancia de asesinarla con azadones, de mutilarla con palas; de arrancar la cabellera de mi madre.

—Que venda rápido el gringo. Ahora es cuando. Ponle un cable. Ya recuperamos Texas.

Tlazoltéotl era la diosa indígena de la muerte, la fertilidad y la inmundicia; sus manos embarradas de sangre y excremento eran también las manos —basta-

ba despojarlas de los guantes ceremoniales de la puri-
ficación: el que limpia se ensucia. La veo, confundida
y segura, con un pie en el rito y el otro en el juego.
Mi madre sigue riendo y Ruth la acompaña con un
murmullo bajo y reticente. Pero la risa de Claudia
crece, y cuando Claudia ríe es como una epidemia;
me contagia a mí, que no he entendido, que no he
escuchado, que dejo caer la cabeza aunque mantenga
los brazos en alto, con el peine entre las manos, frente al espejo; su vengativo humor mexicano es tan espontáneo y feroz que puedo imaginarla, y se lo digo:

—...entrando a Dallas en un coche abierto, con
todos los cowboys de rodillas...

—Bórralo, bórralo —ríe, llorando, Claudia...—.
Acepto la tierra, los pozos petroleros y el ganado
vacuno, pero no a los pobres texanos. Nunca he querido filmar en Hollywood. Yo como los toreros: ¿hablar inglés? ¡ni lo mande Dios! ¡Bórralo!

Aprovecho el momento. Me hinco junto a ella, descanso mi cabeza en sus rodillas agitadas por la risa,
desnudas.

—¿Quieres una fresa? —Me tiende el platillo y lo
rechazo: nada me enferma más.

—¿Sabes cuál sería la venganza, mamá?

—Ganarles en su propio juego, como yo. ¿Sabes
que hoy retiro trescientos mil dólares de los Estados
Unidos?

Pretexto: sentarme a sus pies, sobre la tierra, como
Faraón, cerca de mí, como mis perros. Faraón: sentarse en la tierra, decían los egipcios, significa dar a
luz.

—A ver, dime...

—Entrar a la Unión...

—¿Cómo?

No sé lo que digo. Siento todos los dolores, abrazado a las piernas de Claudia que mantengo unidas
con una ligerísima presión, temeroso de que se abran:
iremos, como las mujeres maorí, a parir a las orillas

de los ríos, entre los carrizos. No sé lo que digo: Claudia está alegre.

—Sí, que México se haga un Estado americano, y mandamos a Washington un montón de diputados y líderes...

—¡Bórralo, Mito! ¡Los obligamos a vender garnachas en la escalinata del Capitolio!

—Los corrompemos a base de mordidas.

—Ay sí, a poco crees que ellos no saben. No, te digo que por el estómago les ganamos, santito...

Del vientre al río: abandonado a las aguas, podría haber sido otra cosa. Algo más que el hijo de Claudia Nervo: huérfano y condenado al cosmos, vagaría por los ríos y los bosques hasta encontrar mi otro destino: mi loba. Mi loba. Otra vez.

—...santito; haz una campaña presidencial con birria y pulque de fresa, chipocles y cuaresmeños, tacos de cachete y tortas de tuna y todos se nos hincan pidiendo perdón.

—Sacrificios humanos en el jardín de rosas de la Casa Blanca...

—¡Bórralo! Les ponemos la niña del ojo de puro luto. ¡En Sonora se reparten las esquelas! Al fin quedamos puras viudas y madres, después de la Revolución.

Los niños mueren y son enterrados a la vera del camino: se adueñarán furtivamente de los vientres de las pasajeras; renacerán.

—Qué alegre sabes ser, mamá.

—De casta le viene al galgo. Oye... —me acaricia la mano, violentamente— ...hace años y felices días que no me pides perros...

—No. Ya tengo demasiados.

Escondo el rostro entre sus rodillas.

—Te ha de costar un ojo de la cara mantenerlos.

Abro un ojo y trato de mirarla. ¿Qué me va a hacer mi madre?

—Me alcanza, de veras. Gracias.

Un lejano tecleo: Ruth, en otra pieza, pasa el dictado al papel.

—Si yo no anduviera siempre del tingo al tango, tendría tantos perros como tú.

—Claro. Necesitan muchos cuidados.

—Más de los que tú les das, angelito.

—Mejor no los podría tratar.

—Qué va. ¿No ves que todos son de raza?

—Sí, ya lo sé.

—Pues claro. Cuando uno amanece machucado en el periférico, hecho puré, luego luego le sacan la ficha y me avisan. Yo los compré.

Termina de limarse las uñas.

—Más que se te olvida quitarles el collar y en seguida los identifican.

Comienza a maquillarse con la exactitud de sus transacciones mercantiles. El color regresa a su rostro, poco a poco, como si las pinturas, más que aplicarlo, lo convocaran. Esa tez limpia y clara y esos pómulos altos y duros. La belleza de un rostro son sus huesos. Me pongo de pie y miro las puntas de mis mocasines.

—Todo lo sabes, ¿verdad?

—No es mi culpa. Llegan a contarme todo, sin que yo lo pida.

—¿Y qué te importa? Son mis perros.

—Seguro.

—Entonces, ¿por qué lo sacas ahora?

—Para que veas que no me engañas.

—¿Y qué más sabes? ¿Me haces seguir por un detective privado?

—Ni falta. Te conozco como un guante.

—¿A qué horas duermo, qué leo, qué como, cuándo hago pipí?

Claudia junta las rodillas. Me aparta con una mano.

—Eres vulgar y sin chiste, santito.

—¿Crees que no tengo ningún secreto?

Me arreglo el pelo para disimular el bochorno del rostro.

—De repente. Pero no ha de ser muy importante, donde yo no lo sé.

—Pero deja de pintarte. Mírame.

Otra vez de rodillas, junto al suelo, implorando su rostro.

—Levántate de ahí. Pareces perro faldero. Vulgar y sin chiste, palabra. Y débil, débil como el chorrito de la fuente en la plaza de Navojoa.

Estoy de pie, acariciando las arrugas del pantalón, sacudiéndome la pelusilla del tapete.

—A ver, ¿por qué?

—Por los perros lo digo. Lo confirmo, mejor.

El pancake restituye el color bronceado; los cuatro pares de pestañas, la intensidad de la mirada. Pero no me mira.

—¿Por qué no te juntas con gente de tu edad? Las muchachas están abajo y Ruth y yo no hemos terminado todavía.

Estoy a punto de contestarle, de decirle que no conoce mi verdadero secreto. Estoy, quizá, a punto de revelárselo, sólo para vencerla. No entendería. Eso no lo entendería. Río y salgo de la recámara. Cierro la puerta y la sonrisa se me hiela. Vine a preguntar por Bela. Bromas, pleitos, asociaciones: se me olvidó. Y ella, por primera vez, me ha pedido que vaya con las muchachas. Antes, las muchachas no debían reconocerme. Y yo jamás debía mencionarlas.

—En todo caso, llámalas "las muchachas", por cortesía.

FORMICA SANGUINAE

Quiero que lo sepas todo. La primera vez sólo me miraron con reproche y cierta compasión. La segunda, todos chiflaron agresivamente y alguien gritó, "¡Denle pamba!" y todos recogieron el grito rítmico, "¡Pamba, pamba!" La siguiente es la vencida, pero nunca ocurrió que yo metiera tres veces un gol contra la meta de mi propio equipo. Primero me dieron el puesto de centro izquierdo y después me permitieron, insensiblemente, irme retirando a un rincón del campo, cerca de la valla de eucaliptos.

—¿De dónde vienes?

Las ramas son muy delgadas y los nidos se prenden a ellas con dificultad. Delicadas garrapatas, no tienen tiempo de echar raíces en el débil ángulo de la rama y el tronco. No es necesario trepar a buscarlas; caen. A veces, sólo huevecillos rotos. Otras, con fortuna, los pájaros recién nacidos. Ciegos y desnudos, con sus cuellos de viejo pobre y sus picos como uñas de millonario.

—¿Qué traes escondido ahí?

Detrás de la valla del campo de futbol, se abre el verdadero campo, una fuente verde que parece fluir de los bordes asoleados de la tierra a la cuenca del llano. Lo echaría de menos al subir a esta meseta de polvo: un polvo extrañamente buscado. Tú dices:

—Quisiera conocer tu país porque allí todo se nivela. Las fuerzas de la muerte son iguales a las fuerzas de la vida.

Me escurro entre dos tallos. Nadie lo nota, ni en el instante ni al terminar el juego.

Esa vez regresé a la casa sucio, con las manos y las rodillas embarradas.

—Vaya. Así quería verte. Hombrecito.

Fatiga deliciosa de ese campo que soy el único en conocer y el único que conozco. Si a lo lejos otros niños, vestidos con overol y camisola, también juegan futbol, no me ven. Un olor esbelto, sin espesor, me conduce entre los matorrales a ese llano que, sin saberlo, se está vaciando, devolviendo sus jugos al polvo que los exige para mantener esa procreación paralela, para devolver la arena a la cara del sol. Hay esa devolución constante, que será una revelación también permanente. Como en los libros de la casa, heredados del abuelo muerto al padre vivo y a mí apenas resucitado, en los que abrir una página es entrar a un laberinto sin más salida que el abandono: cerrar el libro, tratar de olvidarlo.

—Tú tienes que ser fuerte. No sabes nada.

Salir al mundo a través de un hormiguero. De ese montículo amarillo, perdido en el llano, detrás de la valla del campo de los deportes, antes de llegar al de los otros niños, aplanado con los pies, donde cuatro arbustos arrancados por las raíces marcan las metas del juego. Unas botellas de cerveza, un día, entre risas. Y esa exploración en cuclillas, vestido con el calzón corto y negro y la camiseta blanca y los zapatos que por fin regresarían enlodados y raspados.

—Yo sólo quise darle una vida decente. ¡Cómo se iba a conformar!

—No hables enfrente de él.

¿Y los carteles? Y las fotografías en los rotograbados: anoche en Ciro's, ayer en el aeropuerto, el domingo en los toros. Y los noticieros. No, nunca las películas. No sabía ni me explicaban. Pero en un rincón de la alacena han anidado las arañas. La abuela jamás separa el mueble de la pared: se necesita este sentido de la exploración. Y ser fiel a todo lo que los demás no pueden compartir conmigo: esta ausencia del tacto cuando acerco los pajarillos lisos, metidos dentro de un sombrero de mi padre, a la oscura relojería de las viudas negras, impalpables, de ese rincón. ¿Me atreveré, jamás, a tocar los cuerpos minúsculos, de entrañas palpitantes? Los ojos pegados de los pajarillos me lo impiden; las arañas, en cambio, tienen ojos para la noche, periscopios bulbosos que vistos con lupa son como las cúpulas de una iglesia o de un observatorio en la cara siempre oculta del planeta: templos de la adivinanza. No retirarse al escuchar los pasos, y luego las hornillas de carbón, los sopladores, los trastos de piedra y barro de ese mal remedo de una vida patriarcal. Pero la abuela no sabía otra cosa: molcajetes y molinillos.

—Cero en deportes. ¡Cero en deportes!

Mueren a las pocas horas, apenas hay tiempo de mostrarlos a las arañas y luego, con un esfuerzo desesperado, frotarlos por fin con las manos desnudas, sin guantes, retener la náusea, cerrar los ojos y sentir el gusto amargo, subir en cuatro patas al paladar y caer rendido sobre la lengua mientras yo froto los cuerpecillos lisos, los huesos limpios de las alas, y trato de olvidar el temblor de las patas quebradizas y de contar los latidos espaciados del vientre, el corazón, por último el buche. No hay tiempo. Los envuelvo en calcetines, debajo de la cama. Mis manos no bastarían; el calor se perdió antes.

—No quiero que le pase lo que a mí.

—¡Chsst!

—Algún día tiene que saberlo.

Coloco las hormigas dentro de una caja de cerillos y la guardo en la bolsa trasera del pantalón corto. Estos insectos sanguíneos, embriagados por la cercanía del parásito que al darles el placer los esclaviza: el dulce sudor del parásito, apenas insinuado en el texto de zoología: quiero imaginarlo. Anidado con la hormiga, convocado por ella, rechazado por ella: una pareja oscura y deletérea que ahora será ofrecida, desde una caja de fósforos, a las arañas que nunca pudieron acercarse a los pajarillos moribundos.

—¡Ramírez Nervo! ¡Centro izquierdo! ¿Dónde carajos...?

Rojas me pateó la espinilla y Carvajal corrió hacia mí con los dientes apretados y Ortega tenía la boca llena de espuma y no podía hablar y Yáñez se arrojó al suelo, tirándose del cabello, y luego se levantó, cuando todos gritaban "¡Pamba! ¡Pamba, pamba, pamba!", cuando todo el equipo cayó sobre mí, a patadas, a manotazos, con la leperada cerca de las orejas que yo me cubría con los puños cerrados, sin gritar, sin llorar, derrumbado a coces y majaderías y gruñidos hasta caer boca arriba sobre el campo lodoso y distinguir el suave rumor de los eucaliptos detrás de los puños y los zapatos con clavos y las rodillas sangrantes y los codos negros y las palmas abiertas que hacían tambor sobre mi cabeza...

—Vaya. Así me gusta. Machito. Luego se ve.

Fui hasta Chapala un domingo, con los pajarillos dentro de las cajas de fósforos. Quebrados y muertos, apenas cabían en los féretros de cartón y lija. No había orilla verdadera en el lago. La hierba ondulada y profusa iba penetrando hacia las aguas bajas, y si de lejos aquel bajío semejaba un trigal, una ronda liminar de la feracidad, cerca, descalzo, con el agua turbia y tibia cerca de los tobillos y el limo acariciando las plantas de los pies, era una selva de canales y carrizos. Empujé, una tras otra, las cajas hacia la laguna, impidiendo, con movimientos apresurados de las manos, que chocaran contra las cañas o se atascaran entre la hierba. Levanté a mi paso esas explosiones de fango y por fin las cajetillas partieron, cuando el lago se irisó, piel de gallina, otro espejo, hacia el basalto de la Isla de los Alacranes.

No, no busqué a las muchachas que la acompañan. Siempre he conocido los nombres de algunas. Sé·que no deben mencionarse. Pero ahora conozco a una de ellas. Bela.

Esta mañana, he regresado a mi apartamento sin aceptar la invitación de mi madre. Temí encontrarme con las seis o siete muchachas. Por tántos motivos que quise ordenar durante el trayecto a Insurgentes. Temor de lo desconocido, siempre, pero más miedo de una iniciativa tramposa de Claudia. Y miedo de encontrarme de nuevo con Bela. Quizá. Y, sobre todo, de que estos encuentros invaliden la escasa semana que le queda a mi madre en México. Y un deseo superior a los temores. Que la siguiente iniciativa sea mía.

Al llegar a mi apartamento, me doy cuenta de que tengo las manos vacías, como las horas que me esperan. Y, en seguida, que me queda un recurso: el de mi propia satisfacción.

Oh, harían falta condes y castillos, fantasmas y recuerdos, para llenar de peripecias esta historia. Me quejo como, antes, Hawthorne y Henry James. No puedo detectar más incidente, cuando regreso al apartamento, que éste, conmovedor: Gudelia, la cocinera, ha salido al mandado y el teléfono repiquetea mientras abro la puerta y deja de sonar apenas traspaso el umbral. ¿Voy a sentarme a escribir sobre las señoras que juegan canasta en Las Lomas o sobre las que siguen la telenovela del Canal 5? Tengo la excusa perfecta: no hay tema. Además, nadie me ha pedido que explore con palabras una vida imaginaria que nunca he insinuado públicamente. Yo soy el hijo de Claudia Nervo: ése es mi nicho, ésa mi etiqueta social. Nada más. Pero esto, en una nueva sociedad de delfines donde todos somos, ahora, hijos de alguien, es suficiente. Ya no se conoce a nadie que no sea alguien porque es el hijo del ministro, del banquero, del director de periódico. No se nos exige sino tomar un curso de administración de negocios o desaparecer discretamente. Ser delfín sin poder dedicarse al ocio más extravagante revela nuestra mala conciencia, creo. Como el político sigue hablando de la revolución, el señorito tiene que seguir fingiendo que es un self-made man. Si no, los ejidatarios nos cortarán las orejas.

Qué remedio. La mañana y la tarde serán largas. Esta noche, puedo volver a ver mis películas. Mientras tanto, Gudelia estará comprando detergentes en el super de Félix Cuevas. Las papas hierven en la olla express cuando me asomo a la cocina. Faraón me sigue y yo no lo escucho. Así debe ser. Gudelia, la cocinera, no está.

Voy velozmente a mi recámara y abro el closet. Debo tomar una silla y subirme a ella para encontrar el entrepaño más alto y allí, con la mano a ciegas, buscar el contacto inconfundible de la cachemira y extraer el suéter gris perla de su escondite detrás de los sombreros que jamás me pongo en esta ciudad. Ni en otra alguna: parecen reservados para ir a los aeropuertos. No sé por qué sólo nos ponemos sombreros para viajar en avión. Temor de que nos tomen el pelo en el extranjero, sin duda.

Corro con el suéter manchado y Faraón ladra detrás de mí y me sigue por el corredor y la cocina y el lavadero al cuarto de la criada.

Abro la puerta con cautela; Jesús, el amante de Gudelia, no puede estar allí a las doce del día. Está el catre que rechina y el inevitable muro cubierto con estampas y recortes de revista fijados con tachuelas. La Virgen de Guadalupe. Claudia Nervo. El equipo Atlante. Un calendario con el cromo de la

China Poblana. Algunas fotos amarillentas, de feria y jardín: Gudelia y Jesús junto a los caballitos de madera y cerca de una fuente anónima; el grupo de familia, los ídolos rígidos y fascinados alrededor del papá con bigotes de aguacero.

El armario. Lo abro rápidamente. Los vestidos de raso cuelgan inánimes y los ganchos chocan entre sí. Faraón gruñe. Advierte. Tengo que acariciar el suéter una vez más y recordar cómo lo sustraje del closet de mi madre y cómo me dormí con su suave pelusa cerca de mi mejilla. Cómo lo tuve, un mes entero, debajo de mi almohada, siempre al alcance de mis dedos. Ahora renuncio para siempre a él. No sin besarlo antes, por última vez, y cerrar los ojos y darme cuenta de que ya no queda nada del perfume original. No, nunca más.

Frente a la puerta de su habitación, Gudelia se ha detenido con las manos dentro las bolsas del delantal. Faraón la vio primero y yo sólo al abrir los ojos, con el suéter cerca de los labios. Gudelia hace sonar las monedas en la bolsa del delantal.

¿Debo sentir vergüenza? No, no dentro de mí. Soy el amo. Pero mi apariencia, más veraz que mi sentimiento, me vence: miro a Gudelia y me sonrojo.

—Vine... vine a devolver el suéter —digo sin convicción y dejo de mirarla.

—No hay cuidado, don Guillermo. —Y ella me sigue mirando—. Lo busqué por toditos lados; hasta creí que me lo habían robado. —¿Sonríe?—. Si fue su voluntad regalármelo, ha de ser su voluntad volvérselo a poner.

—No, no. Es tuyo.

—Usted ha de perdonar, don Guillermo, que esté medio chamagoso.

—Tú eres muy limpiecita, Gudelia.

—Pues yo sí, pero...

—Anda, dime.

—La mera verdad...

—¿Lo usó Jesús?

—Ay señor...

—Dime. No tiene importancia.

Si la miro por el rabo del ojo, tiene razón en sonreír.

—Es que se le veía muy chicho.

Puedo acariciar la nuca de Faraón, por ejemplo.

—Entonces los lamparones y los círculos de sudor...

—Qué quiere usted, señor. Tuvo que llevarlo al trabajo, para apantallar.

—Quieto, Faraón... Y contigo, ¿nunca?

—Es que es rete suavecito. —Qué risilla más humilde—. Hasta da gusto frotarse en contra de él, perdonando...

Puedo mirarla a los ojos, con dignidad. —Quédatelo, Gudelia. Y perdona que haya entrado a tu cuarto sin pedirte permiso.

—Ay señor, no será suya la casa. ¿Qué vamos a protestar las gatas?

¿Qué voy a hacer el resto del día?

¿Qué, sino imaginar a Jesús, prieto y fornido, con la frente estrecha, balanceando la canasta de pan sobre la cabeza, montado en su bicicleta y chiflando por las calles mientras enseña los bíceps descubiertos, el suéter arremangado de mi madre, y se siente muy chicho, muy salsa, muy catrín luciendo esa prenda que no alcanza a cubrir su panza velluda, prominente entre el suéter y los pantalones de dril? ¿Qué encuentros tendrá ese Jesús, que está expuesto a todos?

Dentro de ocho días, Claudia volverá a partir. No bastan los talismanes.

LA DAMA AUSENTE

Dans l'enfer de son lit...

BAUDELAIRE, *Sed non satiata.*

Todavía no sé distinguirla. Giro alrededor de la fuente de Diana y sólo ahora que ruedo por la lateral del Paseo de la Reforma creo que la invento de nuevo. Ella está detenida junto a los stills de la película y se me va revelando en las instantáneas que el parabrisas de mi automóvil deja pasar. Más cerca, más cierta y más mía: me atrevo a pensarlo porque la veo sin ser visto, la reconozco aunque esta vez aparece como ella misma. Ha perdido la ceja arqueada y el falso lunar. Fresca y joven, con el pelo reunido en una cola de caballo, la apropio sin que ella lo sepa. Los limpiadores del vidrio la encienden y la apagan, lejana y protegida bajo la marquesina, la acercan y la alejan, formas llenas y rostro magro, la borran y dibujan brillante impermeable negro y bolsa Chanel. Aparición rechazada y recapturada, me llena la boca de una dulce presunción. Me detengo y toco el claxon. Ella salta, nerviosa, sonríe, agita el brazo.

La invito a subir; mueve la cabeza y me pide que caminemos: la lluvia es menuda.

Mientras estaciono el auto, recuerdo con precisión que el teléfono volvió a sonar y reconozco que acepté su invitación porque le agradecí que me librara de esa tarde solitaria. Nos veríamos —nos hemos visto— frente al cine Chapultepec y yo, decepcionado, quisiera verla en su ciudad, rodeada de esos palacios de un ocre intenso. La veo cruzar la Piazza del Popolo, roja y gris y blanca; detenerse entre las iglesias gemelas; saludar a todos, más allá del obelisco y el arco, hacia el Pincio; morderse una uña al no recibir respuesta; dudar entre los cafés; entrar por fin, con una carrera graciosa, al Rosati. Quizá, juntos, podríamos cenar donde Poldo y esperar que ese tártaro gentil, mostachudo y rapado, extraiga de su bodega un buen Lambrusco. No sé. Después de cenar la llevaría a bailar al 84, o a caminar por el Lungotevere, o a tomar un café, de pie, en cualquier bartabachi del rumbo, o a rematar con una copa en medio de la discreta camaradería del Rouge et Noir: Italo nos serviría dos vodkas helados y escucharíamos el piano en sordina. No. Regresaremos al café. A estas horas, está solitario. No: lo ronda siempre el fantasma de la plaza, la vieja desdentada, rizada, varicosa, que allí pide diez liras, noche y día.

Bela me hablará de esas infancias perdidas, de niñas pulcras y pálidas que van y vienen con las mochilas sobre la espalda.

Cae la llovizna, casi un plumaje, sobre el Paseo de la Reforma. Huele a geranio y polvo apaciguado. Vamos a añorar, algún día, los palacios fin de siglo que ahora están demoliendo para sustituirlos con rascacielos inútiles y deshabitados. Bela se apoya en mi brazo. Me basta sentir su pelo recién lavado junto a mi hombro para no preguntarle nada.

Caminamos en silencio por la vereda. Son sus ojos, negros y sorprendidos, los que me interrogan. No, cómo vamos a hablar del pasado. No lo tenemos.

La mano de Bela busca la mía en la bolsa del impermeable y sus dedos encuentran la raíz dolorosa de mis uñas. No hay un intento de seducir, sino de jugar. O quizá ambos son la misma cosa, pero es cierto acento alegre lo que redime a la seducción de su tedio habitual.

Le digo que a su lado, caminando bajo la lluvia, podría imaginar otros amores probables, no sólo el de ella. Bela contesta que sí; a ella también le gusta imaginar amores imposibles.

—No, no imposibles. Probables.

—Es lo mismo, sai.

Ah. Ríe y dice que lo bueno de imaginar muchas cosas es que después uno no se contenta con lo primero que le ofrece la vida. Algo así, para que yo conteste que sólo nos defendemos, dándole la perfección a nuestros sueños, para después aceptar la imperfección de la realidad.

—No seas tan serio, Guillermo.

—¿Tan triste?

—Bésame.

Me besa, sonriente, ligera, levantada sobre las puntas de sus botines negros: una promesa que quiero prolongar en el lóbulo de su oreja. Ríe mucho.

—Aquí te miran si besas en la calle. Mejor caminemos. Pero más despacio.

—Perdón. Ya sé que camino muy de prisa.

—¿A dónde quieres llegar? Tenemos toda la tarde.

—Sí.

Nos contamos, caminando, amores posibles. Yo tengo tcdas esas imágenes que no me resuelvo a declarar inventadas: —No podría decirte si son ciertas o falsas.

No sé si me divierte o entristece hablar de esos hechos planos que en su momento pudieron parecer misteriosos y excitantes. Todas esas tardes en los helados courts del camino a Toluca, todas esas citas con la mujer en los salones de té de la Colonia Cuauhtémoc. La manía de caminar, tomados de la mano, por las horrendas calles aledañas al Multifamiliar Juárez, esas calles de baches y misceláneas, de hornillas con elotes picantes y el paso arrastrado, quieto y veloz, de mis conciudadanos. Decía que estaba confiada y que nadie la había delatado porque perder su amistad era peor que perder su amor. Comía éclaires de chocolate en el Duca d'Este, que no está en la Via del Corso, Bela, sino en la calle Londres; fingía sus orgasmos, estoy seguro. Recibía la correspondencia en casa de una vecina y estoy seguro, también, de que ella y el marido se reían mucho, juntos, y celebraban los incidentes de la vida melódica, las fugas a media noche, las horas del amante escondido en el closet de la vajilla, temiendo quebrar los platos; las fugas, el melodrama. La tensión de la vida en México se da entre la picaresca y el melodrama, sabes.

—Yo también. A veces decido ser sincera conmigo misma y admito que son mentiras.

—¿Y entonces te das cuenta de que lo imaginado es siempre mejor que lo vivido?

—No. Nunca. Sólo que es distinto. Cuéntame otro amor.

—Sólo se me ocurren historias sórdidas.

Vuelve a reír, a obligarme a caminar lentamente.

—Me sofoco. Debe ser la altura.

La miro y ella disfraza cierta melancolía con el ademán enérgico y alegre de la gente de su país: los hombros alzados con fatalidad, las manos extendidas.

—Guillermo.

Se acurruca contra las solapas de mi trinchera.

—Dime.

Hablará así, con una alegría indefensa que es casi una dolorosa premura: acaricio la barbilla de Bela y la comprendo, adorable porque prefiere ser dañada que ser olvidada. Quizá existe otra memoria, la que no hemos tocado, que nos ofrece —¿dónde? ¿bajo las copas de estos fresnos goteantes?— el dolor y el peligro como los verdaderos enigmas de la felicidad. Bela no ha dicho nada que me obligue a pensar esto; pero Bela está allí, se acurruca y yo lo pienso. Quizá esto no sea cierto otro día y a otra hora; lo es cuando Bela, la verdadera, camina a mi lado, cálida y cercana, y yo sigo buscando la ofensiva réplica de mi madre a la que abofeteé hacía dos días. ¿No era su imitación, apenas, la salvación profética de algo que debía copiarse para no vivirse? Tengo que repetirme que la he conocido antes, entonces, no ahora que la veo como es.

—Te digo lo que me gusta.

Agita la cabellera y me mira con los ojos cerrados.

—Anda.

—Esto. Caminar.

—Lo sabía. A los romanos les gusta conocer su ciudad.

—Amanecer de buen humor.

—¿Cantar en la regadera?

Afirma con la cabeza y se oculta los ojos con una mano, avergonzada.

—Los hombres que trabajan en casa. La llenan de electricidad. Te regalan fuerzas y emociones que ellos mismos desconocen, vero?

—Bela, Bela.

—No hay nada como estar cerca de un hombre que pinta o escribe o discute en su casa. No hay horarios. Vives con él y no le pides nada: te está dando todo el tiempo. Bueno, sí le exijo que después sea lento, por Dios. . .

Cruzamos corriendo entre los autos detenidos frente al semáforo de la calle Mississippi.

—¿No te cansas?

—No.

—¿Un café?

—Más adelante. No te rías si me pongo roja y pulida como una manzana. Es mi sangre campesina que empieza a circular. En diciembre bajan a Roma los pastores de la Ciociara, vestidos con sus gabanes de piel de borrego y sus alpargatas amarradas a las piernas con tiras de cuero. Son muy rojos y desdentados y siempre viajan en pareja. Uno toca la gaita y el otro la flauta. Es una música muy extraña y muy bella.

—La he escuchado. Parece un plañir, un encantamiento antiguo.

—Sí. Andan por la Via Frattina, entre toda la gente elegante, ofreciendo sus gorros viejos para que les des unas cuantas liras. Los veo, cada Navidad, y me imagino que así podía ser yo, una campesina colorada y sin dientes y con muchos hijos.

—Dime más.

—Nada de programas y horarios, ¡nada! Los odio.

En cambio, me gusta ser muy ordenada para que él sea un desastre.

—Estás empapada y te contradices.

—No, no, no me entiendes...

—Vamos a un café.

Ahora cruzamos el Paseo y yo quisiera vernos a los dos, de lejos, detenidos en el camellón. La lluvia arrecia. Corremos hacia la calle de Amberes y el Café Viena.

—En México no saben hacer café.

La ayudo a quitarse el impermeable. Estoy pensando que hubiese sido maravilloso estar sentado aquí mismo, solo, y verla entrar a ella, verla sentarse en otra mesa y primero estudiarla de lejos e imaginar nuestra posible amistad. ¿Cómo se vería de lejos? Pelo de miel y cutis bronceado; ahora, el jersey a rayas, sin mangas. Rayas blancas y negras.

—Es que en tu país son unos magos para el café. No sé si son las máquinas, porque el grano viene de América...

Bela se recoge el pelo húmedo en una trenza provisional y exagera los gestos: —Cappucino, lungo, doppio, machiato, espresso, semplice, como lo desidera, gentiluomo? No, es la manera de tostarlo.

O ella acompañada de otro. Escuchar las tonterías que ese hombre le estaría diciendo. Hablará, hablarán. Si yo estuviese en lugar de él, si yo pudiese hablarle a Bela, comunicarme, recibirla.

¿Me faltaría el valor para abordarla, sola, o correr a injurias, si necesario a golpes, al muchachito que la acompaña?

Tomo su mano.

—¿Por qué me buscaste?

—Te lo dije la otra noche. Me gustas. Tú.

—¿Por qué seguiste a mi madre?

—También te lo dije. Me atrajo. Guillermo, yo no resisto mis impulsos. ¿Qué le vamos a hacer? Si te hubiera conocido primero, te sigo a ti y ya. No hagas historias, por favor.

Pedimos dos capuchinos, a sabiendas de que nos traerán un menjurje tibio coronado de canela.

—¿Vas a dejarla?

—Dio, Dio, Dio... Si me ayuda a hacer una carrera, ¿para qué? Y no hables como si sucediera algo tenebroso. Sabes muy bien que todo esto es inocente.

—¿Qué quieres que sepa? Tú misma viste cómo fui recibido la otra noche. Como si no existiera.

—Es muy sencillo. Ella quiere una corte. Nosotras necesitamos la protección de una gran estrella. O sentirnos en el centro de las cosas. No sé. Basta. Yo necesito trabajo y estoy aburrida de Roma, del giro, de ser modelo de fumetti, de ver las mismas caras. Vivir sola en un apartamentucho de la Via Margutta. O un mes aquí, otro allá, en casa de este chico o del otro. Basta. Me gusta el cambio. Y te he conocido a ti...

Detengo su mano: —No te maquilles.

—¿Qué te pasa? —me interroga, con la polvera cerca de la nariz, sin entender nada.

—No quiero que la vuelvas a imitar.

—Me pareció una buena broma para el coctel. —Me fascina ver a una mujer cerrar la polvera: en algunas, en Bela también, es el máximo gesto de elegancia y de suficiencia—. Nada más. A ella pareció divertirle.

—A ella le divierte cada cosa.

—Guillermo, estábamos tan contentos...

—Perdón. Perdón, Bela; soy un aguafiestas.

—Eres moody, temperamental, pero no latoso. Una vez viví con un chico encantador. ¡Pero latoso! Y con una sola manía: quejarse de que me acababa el agua caliente y él no se podía afeitar. Le regalé una rasuradora eléctrica y lo corrí de la casa. No hay que confundir las cosas, ¿eh?

Nos sirven los cafés y Bela hablará y yo la escucharé sin escucharla. Distingo vagamente, en la larga hora del café, los temas, los nombres, los sentimientos con que me cuenta su vida. Ni ahora ni otro día

podré repetirlos. Y no es por falta de interés. Todo
lo contrario: entre Bela y yo existe, en este momento,
una comunicación que casi nunca he sentido. Bela
me habla directamente: no me confunde ni me de-
riva. Mi gratitud se llama mi ternura. Tengo su
mano en la mía y si ella no deja de hablar ni adivina
mi ausencia, es porque sus ojos penetran su mirada
para dejar de escuchar sus palabras y ganar, desde
ahora, el recuerdo de esta presencia. Han huido el
olor de cuerpos y ropa mojada de las parejas que van
entrando a este café, el humo de los cigarrillos y el
almíbar de los pasteles que una mesera lleva y trae
en un carrito. ¿Quién me ha regalado este momento?
Bela también debe saber, mientras habla, que este
momento nunca será importante porque fue ahora,
sino porque desde ahora sólo es parte de nuestra nostalgia. Ni ella ni yo, sentados aquí, mirándonos, con
la leve conciencia del aguacero cerca de nuestros rostros inclinados, podríamos explicar o expresar nuestra presencia; y quizá, al aceptar la desaparición del
momento que estamos viviendo juntos, le estamos con-
cediendo su única razón: la de la gracia. Sé que
te conoce. Quisiera preguntar por ti. Bela ríe:

—Amor-Roma. ¿Te das cuenta? Roma-Amor.
Y tu nombre regresa a mí.
—Vámonos.

De todo lo que dijiste cuando pasé esos días en el Palacio de Madonna dei Monti, sólo recuerdo, esta noche, una cosa: nada se desarrolla, todo se transfigura.
Quise desarrollar una escena. Prepararlo todo para
que el momento evolucionara, como se debe, hacia
su culminación. Sé cuáles luces deben prenderse al
entrar a mi apartamento para que retenga su aura
huidiza. Y la música suave. El Bécaud más melan-
cólico. Los frascos de cristal que contienen el whisky.
El nudo de la corbata suelto. Fuera los zapatos. Los
cigarrillos en la penumbra. Todo en el mundo se

prepara igual, todos los actos anteriores son idénticos: tal es el código caballeresco. Sólo el acto final será, cada vez, distinto, lo estoy pensando ahora que Bela deja caer las zapatillas y yo me reclino contra sus muslos duros y fumo sin mirarla y ella canturrea. El acto final divide para siempre nuestras vidas.

No admito que sea gratuito. Y no sé si Bela espera y entiende. Beso sus dedos entregados a mi cuello y quiero ponerla en guardia. No tiene remedio. Fusión o epitalamio, será un acto y no un secreto. Y sin embargo, ¿cómo resistir sus dedos que aún son pura promesa?

—¿No es suficiente la promesa? —murmuro al colocarme boca abajo y besar la mano extendida de Bela.

—¿Cosa?

—No, nada...

Después detestaré mi falta de imaginación. Si supiera prolongar el momento. Si no me viera ya en la cama con Bela. Y después; ese horroroso después de la ropa recogida del suelo, los calcetines aún húmedos, los calzoncillos fríos, los pantalones arrugados. Volverse a vestir, con torpeza. Maquillarse. Peinarse. No hemos muerto.

No hemos desaparecido aún. Acerco su rostro al mío para besarla, besarla así, abierto, entregado, con el deseo de que esta pasión la satisfaga, de que en el beso encuentre la culminación en su anuncio y renuncie a una repetición cruda y débil de nuestra entrega simbólica... Bela, por dónde empiezo. Besar, besar y no morir, no desaparecer. Hundo mi rostro entre tus piernas y ahora sí quiero comunicarte mi obsesión: entiende; no, no entiendas lo que debes saber sólo porque estás viva: que debes ser inalcanzable, Bela; que sólo te seguiré queriendo si sé que poseerte es imposible; que necesito saberte lejos para que nada se interponga entre mi deseo y tú... No me acaricies así, preciosa; así no, por favor... Aléjate. Acércate. Te necesito cerca de mí esta noche para seguirte deseando cuando te recuerde mañana. Te necesito lejos de mí esta noche para que sea impensable un mañana sin ti.

—Déjame ir a tu recámara.

Finjo no escucharla. Mis manos se me han perdido.

—Por favor. Dime dónde está.

—Al fondo del pasillo. A la derecha.

—¿No vienes?

—No. Se me olvidó. No tengo la llave.

—¿Qué?

—La llave de la recámara. Ahora recuerdo que la perdí.

Merezco esa risa, la primera que nos separa. La risa aislada de Bela, rechazándome con la incredulidad y el ridículo. Todavía riendo, se quita el suéter y permanece, semidesnuda, con las manos en la cintura.

—Me da igual. El couch está muy cómodo.

Finjo no escucharla. Tengo otras cosas que hacer. ¿Por qué me quejé de la tarde solitaria? Camino al closet y saco la pantalla enrollada, la extiendo y coloco sobre el tripié. Me hinco a escoger las latas. Aprieto un botón y el proyector aparece entre dos hileras de falsos libros con lomos dorados: una intrigante imitación de los encuadernados de Cobden-Sanderson. Y Bela está allí, con los senos desnudos y las manos en la cintura.

—¡Te digo que me da igual!

Me arreglo el pelo con las manos: ¿te enfriarás allí, Bela, mientras finjo desconcierto y miro a mi alrededor, en la estancia a media luz, como si una llave pudiese aparecer entre ese cúmulo fabricado de otomanes y grabados, discos y cortinas, mesas y objetos sin número? Voy recorriéndolo todo, con los ojos entrecerrados. No es necesario volver a describirlo, aunque tú siempre insistías en describir y redescribir como la única burla posible que nos queda: los inventarios, los catálogos son la ironía final con la que se puede contestar a todas las historias gastadas, a todos los personajes vencidos, a todos los significados vacíos. Los objetos, que son el reino de las apariencias, se vengan del mundo impalpable, espiritual, que antes nos sojuzgó. Terciopelo y tinta china, seda y cuero, polvo y yeso, vidrio y barniz, corren bajo mis dedos.

Abro los ojos. Bela ya no está. Bela se ha ido. Mi silueta se fija en la pantalla plateada. No hay más luz que la del proyector parpadeante: no quiero estar solo, castañeteo los dedos para que Faraón se aparezca, se acerque, vuelva a acomodarse junto a mis pies. El proyector sin película lanza una luz fría, intermitente, concreta. Estamos capturados dentro de un enorme anuncio de gas neón.

No hay más luz. Me guía hasta la puerta de entrada y la abro. En el descanso no hay luz. Sólo la del proyector, desde la sala, ilumina todo el pasillo a mis espaldas, hasta el fondo, donde Bela espera, cruzada de brazos, frente a la puerta abierta de mi recámara.

Sólo hay transfiguraciones. La mañana caliente nos rodea y nos niega: nuestro silencio nada puede contra ese calor lento y agobiante de todo el mundo. Como aquella primera noche, manejo sin mirar a Bela. Otra vez la ciudad, la misma ciudad pero ahora convertida en un fogonazo de magnesio: encalada por el sol, esta ciudad gris y fea convertida en su negativo velado. Plumeros y gamuzas para limpiar los autos, billetes de lotería, marquesinas sin luz y enormes anuncios de cerveza y ron: casas altas y casas bajas, todas a punto de descomponerse.

Bela se mantiene alejada y tampoco me mira. La adivino, recogida, gatita abrazada a sí misma, lamiéndose a sí misma. Dañada. Gastada, no sé si por un acto o por un olvido. No sé. ¿Quién nos exigirá cuentas?

Freno frente a la casa de mi madre. Seguimos sin mirarnos y yo espero el primer acto de Bela: bajar o permanecer, permanecer muda o hablar, hablar para decir ¿qué?

Apago el motor: —Servida, señorita.

Innecesario. Qué innecesario decir eso y añadir: —Tu es chez toi.

Y sólo pensar, mientras lo digo, que dentro de cinco días Claudia tomará un avión; que no la veré durante ocho meses.

Me atrevo a mirar a Bela.

—¿Por qué?

Si antes lo imaginé, ahora lo sé. Los ojos de su pregunta resuelven ese enigma. ¿Dolor es felicidad? Y en seguida la miro sin haber dejado de mirarla, como si una segunda visión naciera de la primera: ayer, mientras caminábamos, esa cifra era un acertijo; hoy es una realidad. Hoy existe para empezar a desvanecerse. Ayer era un anuncio que, quizá, nunca se cumpliría. Ayer era tolerable y seductor: un secreto. Hoy es intolerable y repulsiva: una verdad.

Juro que primero ella se abraza a mi cuello, llorando. Y que sólo entonces Claudia sale de la casa.

Sólo entonces la figura de mi madre, los detalles más nimios de su apariencia, los guantes que se está poniendo, el capelo de piel de pantera, el maravilloso abrigo de visón beige —¿y el calor, el bochorno de este día: eran sólo mi propia temperatura?— borran la cercanía temblorosa y cálida de Bela y encienden los actos desesperados de todo mi cuerpo vuelto a nacer.

Claudia se detiene en la verja de su casa, con los dedos extendidos dentro de los guantes, con esa pose de la hechicera o el maniquí autorizada por la suntuosidad de su atuendo, por el frío real de esta mañana que yo quisiera sentir caluroso. Que quizá lo sea: Claudia crea sus climas y los arrastra con ella a donde quiere.

Yo meto las manos por las aberturas de las mangas de Bela, siento el escalofrío inmediato de su espalda, la respuesta de sus pezones graves y rosados al roce de mis dedos, la protesta gemida de su cuerpo insatisfecho y resignado, de las costras de la noche y los nuevos jugos de la mañana: recorro a besos su cuello, su mentón, sus labios, toda la cabeza arrojada hacia atrás, el arco violento de un rostro que aún no distingue las cosas, aún no emerge del caos de mi cachondeo vergonzoso, de la fría violencia de mis manos entre sus piernas mientras Claudia, inmóvil, nos observa, nos sigue observando cuando Bela araña mis manos y muerde mis labios y yo le grito, pero no para que ella me escuche:

—¡No te me acerques! ¡Ofrecida!

Bela reprime su quejido. La suelto. Desciende, desarreglada; se detiene un instante frente a Claudia; la boca le tiembla; corre hacia la casa.

Arranco sin volver a verlas. O si las veo, es en el espectro, de polvo que el limpiavidrios se empeña, inútilmente, en borrar: perfume, brillo en movimiento, piel como papel de seda, mujeres pálidas ahogadas en el satín: tubo de excrecencias, mucosas blandas, pulmones teñidos de tabaco, pus agarrotado en el fondo del paladar, ostras podridas, pezones supurantes, coágulos de sangre menstrual, náusea de la carroña eternamente abierta, heridas sin cicatriz, intestinos hinchados, gases verdes, bilis espesa, largo túnel de mierda y huevecillos infestados y placentas amenazantes: quisiera amarlas desolladas, como realmente son, sin la piel mentirosa, sin el perfume volátil, pura organización de las corrupciones, depósitos de semen inútil. Caguen, putas.

LOS DELFINES

Quería soñar un hombre.

BORGES, *Las ruinas circulares*

Me preguntaste:

—¿Qué vas a hacer? ¿Dónde vas a pasar la Navidad?

Me encogí de hombros y en seguida temí la grosería involuntaria de ese gesto. Tú sonreíste: —Si no se te ocurre algo mejor, ven conmigo a mi casa.

Creo que desde entonces imaginé ese pueblo perdido en una de las estribaciones del Matese tal como era. Es cierto, lo imaginé; los nombres de la Campania, la cercanía de Nápoles, inducen a una fácil identificación con el sol y con un cierto color ocre de la piedra. Yo quise imaginar un palacio frío y gris que negase su propio nombre: Madonna dei Monti, otra trampa pintoresca de ese país tuyo, recorrido por todos los ejércitos del tiempo, que nunca acaba de revelarnos su verdadera esencia delgada, severa, secreta: te describo sin darme cuenta.

Te recuerdo así el día de diciembre, hace ya nueve años, en que recibí el telegrama de mi madre. Claudia decía que entre la Nochebuena y la Noche de Reyes no habría sino tres días de reposo en la filmación; en realidad, no quería separarse de París, tenía planes para el Réveillon, no me deseaba con ella. Es un horrible y triste lugar común ser el único alumno que permanece en la escuela durante las fiestas. Y no porque este internado se pareciera a los que antes había frecuentado en Guadalajara y en México. No sé si a causa de mi edad, o gracias al ambiente mismo de la escuela, de la hermosa población en las afue-

71

ras de Lausana, de la vecindad del lago y de los otros pueblos ribereños, igualmente hermosos, aquí obtuve lo que siempre busqué: el alero, el escondite debajo de la cama, el margen de solitaria libertad a los que creía tener derecho. Los profesores eran exigentes sin ser inhumanos, los cursos complejos sin ser inútiles. Lejos de la memorización forzada que caracteriza a la educación en México, aquí todo debía nacer de la curiosidad del alumno, de sus lecturas fuera de la clase; y ésta, más que una doble repetición de sordos, era primero una aportación de las dudas del alumno y de las sugerencias del profesor. Había tiempo para todo. Para pasear por los lugares cercanos, para viajar a Francia e Italia, para leer.

Apenas descubrí las librerías de viejo en Lausana, me hundí —y hundí en ellas más dinero del que Claudia estaba dispuesta a proporcionarme— en el descubrimiento de lo que supe eran los equivalentes de mi imaginación secreta. Quizá, antes, me hubiese sido imposible leer estos libros en sus ediciones modernas; ahora los conocí y busqué con sus encuadernaciones viejas, sus lomos fatigados, sus grabados manchados y protegidos por una hoja de papel de China. Casi no había vuelto a leer desde mi infancia y ahora llenaba una laguna de diez años cada vez que penetraba a uno de esos sotabancos polvosos y amontonados de volúmenes, que tanto se parecían a las librerías y anticuarios descritos en los libros que aquí mismo obtenía —La piel de Zapa, Markheim, The Old Curiosity Shop— como si, de nuevo, una hoja del libro de cuentos se abriese para ofrecer el atisbo de la siguiente ilustración. Primero Scott, luego Dickens y Balzac y Stevenson; sobre todo Dickens y la imagen que me capturó, la del Grillo en el hogar y su prodigioso mundo de una fábula inventada por el padre para que el hijo nunca conozca la verdadera realidad: una realidad que ese niño, ciego, no tiene por qué conocer.

Lo compré y lo leí todo, en el dormitorio desde cuyas ventanas se admira la extensión del Léman, en los jardines de la escuela y a veces, con fortuna, durante los domingos pasados sobre una roca junto al castillo de Chillon, acompañado por el pulso suave y frío de las olas. Mi mundo, durante ese primer semestre, se compuso de grandes momentos de exaltación en claroscuro: un Támesis negro del cual, a la medianoche, Gaffer Hexam y su hija extraían a los ahogados para desposeerlos; un París nocturno, luminoso como los ojos de Paquita, criminal como las manos de Vautrin, implacable como la piel de onagro que a cada nuevo deseo se encoge entre las manos de su dueño provisional y condenado.

Nadie me pedía razón de mis fines de semana. Nadie, puesto que yo no lo pedí expresamente, me obligó a formar parte de los equipos de vela o de futbol. Y cuando la fiebre de mis lecturas no me indicaba más salidas que viajar urgentemente a París para reconocer las callejuelas y los zaguanes de ese mundo de puro energía y terrible resistencia a las palabras que inventó Balzac, la dirección del colegio me concedía con gusto una semana de asueto: todos los estudiantes éramos extranjeros y debíamos aprovechar la permanencia en una Suiza que se siente orgullosa de ser un centro estratégico, un remanso y un trampolín para el visitante.

Al regresar de una de esas excursiones, reanudé las visitas a las librerías. Me disponía, en una vieja, olorosa a cedro barnizado, a escoger el volumen previsto y enamorado: Las grandes esperanzas. Tenía la mano sobre el lomo y la imaginación puesta en su recompensa: otras imágenes inolvidables, que hoy conozco, que en ese momento eran golosinas envueltas en papeles de colores. La anciana Miss Havisham en su sombrío comedor de bodas; el encuentro del niño y el presidiario en el páramo. Pero sobre mi mano se posó otra. Estábamos entre dos estanterías altas, en un corredor estrecho y mal iluminado. Al principio no pude ver el rostro de la persona que, con tanta delicadeza pero con tanta energía, fue guiando mi mano por los filos, de polvo, hasta detenerla, primero, en un libro, después en otro. François Villon, Petrus Borel. Guiándome, se mantuvo a mis espaldas; su respiración era risueña y, acaso, un poco burlona. Me dejó con los libros entre las manos y por el largo corredor sólo pude distinguir el rápido movimiento, las espaldas anchas. Después, el tilín de la campana, la puerta abierta y cerrada.

—¿Quién salió?

—No lo conocemos. No es un cliente habitual, como usted. Quince francos cuarenta. Bonjour, m'sieudame.

Finalmente, pudimos haber reído mucho esa noche cuando yo leía para mí la Balada de las damas de antaño y, poco a poco, lo que mis ojos seguían se fue convirtiendo en sonidos y, en la penumbra del dormitorio, otra voz repitió,

Mais où sont elles, les neiges d'antan?

Visto siempre de lejos, inseguro de esa presencia, no supe o no quise distinguirla: uno prefiere dar una semblanza borrada, colectiva, a las personas que no llegan a la intimidad. Decimos que los chinos o los negros son idénticos entre sí porque no deseamos reconocerlos o aceptarlos cerca de nosotros. Sucede un poco lo mismo con esa muchedumbre, esa potencia agresiva, de los compañeros de escuela y no deja de significar algo que a un condiscípulo invisible de todo un semestre, sólo llegara a reconocerlo en esta sombra, en esta contraluz, de una librería de viejo y de un dormitorio mal iluminado.

Manía de arreglarse el cabello, de pasarse una mano abierta por el pelo negro y lacio, como para dar la impresión de un tenorio de pueblo. Sí, esa estampa podría ser así de obvia: la imagen del gamberro, a primera vista, si después uno no descubriese que ciertas arrugas prematuras, ciertos surcos en las mejillas, le dan a ese rostro de galán latino una austeridad y una melancolía verdaderas.

Lo sé; lo recuerdo y lo describo como en una de las novelas que entonces leía. Pero aquella imagen era realmente la de un Raphael de Valentin; y el sólo recordar a ese héroe me remitía, con sorna, al apellido italianizado de la gran boa de terciopelo, del felino decadente que hace cuarenta años fue el depositario de eso que ustedes llaman la morbidezza; un campesino de Puglia convertido en jeque árabe, bailarín de tangos, cosaco envaselinado. Sí, una especie de contrapartida masculina de lo que mi madre representa. Lo pensé, familiarmente, aquella noche y reí con una burla casi doméstica. La burla se me heló en los labios. Una dignidad, no hierática como la nuestra, sino viva y cordial y aventurera, me ofrecía de esta manera su amistad y prefiguraba esa lejanía que, imaginativamente, atribuí después a una casa, al nombre de un pueblo, cuando me invitaste a pasar las fiestas contigo.

Imaginé un pueblo frío y gris que va trepando por las laderas de piedra lisa, buscando el sol y la nieve lejanos. Su aspiración sería el encuentro de los contrarios, fuego y hielo, que aquí, también, se confunden en su lejanía. Madonna dei Monti asciende desde los valles brumosos de la Campania invernal hacia el conglomerado de plazas y calles rectas que tanto me recuerdan las de algunas poblaciones mexicanas; Orizaba, sobre todo, por la llovizna constante, la cercanía de la montaña, los balcones con barrotes de madera pintada. Pero, en seguida, la traza de ajedrez se pierde en el enjambre de callejuelas que han sido escalones, escalones que se convierten en pasajes, pasajes que serán túneles. El Macizo del Matese, esfumado, es la corona geográfica del pueblo; el palacio, su corona histórica.

Quise fijarme más, darme cuenta del muchacho vestido con un grueso e informe pantalón de pana verde, un suéter gris, grueso, y unos botines de ante. Sólo los sábados: un blazer azul con el monograma bordado, pantalones de franela. Me contaron:

—Se va a gastar el dinero al Casino de Evian y no regresa a la escuela hasta el lunes por la mañana.

Varias veces quise acercarme, primero para agradecer la indicación de los libros, después para comentarlos. Sólo pude observar, cada lunes, ese rostro extrañamente refrescado y fatigado, con una nueva arruga en la frente, un surco más hondo en la mejilla: avejentado, rejuvenecido, limpio de alguna excrecencia o de cierta grasa infantiles que a veces queremos identificar con nuestro candor y que sólo son las huellas finales del acto que nos creó violentándonos. Dejé de atender las clases, cada lunes, para dedicarme a observar. Supe lo que acabo de decir. Nada más.

Por eso me sorprendió tanto que, al acercarse las fiestas, precisamente tú, que jamás me dirigías la palabra, te acercaras a invitarme a pasarlas en tu casa, yo te esperara en la estación de Lausana: los trenes suizos parten puntualmente: un retraso sería la catástrofe nacional, la pérdida de la confianza; el vapor saliera silbando entre las ruedas y me envolviese; allí estuvieras: arrojaras el cigarrillo, con descuido, a tus espaldas, sin preguntarte si esa colilla podía quemar a alguien; te esperara con mi abrigo puesto, mis libros bajo el brazo, mis dos maletas sobre el andén; te rieras y te cruzaras el pecho con tu único objeto de viaje, la bufanda de rayas negras y amarillas; subieras al tren en marcha mientras yo, torpemente, corría con mis dos maletas, tropezaba, alcanzaba la última puerta abierta, arrastraba mis maletas a lo largo del pasillo, buscándote: el ruido uniforme, creciente, del tren en marcha, pulso de campana y daga, metal en movimiento, manera de despertar o ser herido: tren, puñal, campana, excitación mía; un cigarrillo encendido me pegara en la mejilla; gritara; estuvieras sentado en el compartimento, con las piernas extendidas, observándome inocentemente; acomodara mis cosas como pudiera, sin mirarte.

—¿Qué diablos traes en esas maletas?

—Nada. Lo de costumbre.

—Anda. Acomódalo todo muy bien. Eres un gran maestro de las rutinas. ¿Te pertenecen todas las porquerías que vienes cargando?

—No. Me las compró mi madre.

—Delfín. Entonces también viajas sin nada, como yo. Entonces tampoco te pertenece nada, como a mí.

—Mira.

—Son tus manos.

—¿Cómo son?

—Extendidas. Limpias. Quemadas.

—Mira. El castillo de Chillon. ¿Quieres un plátano?

—No, gracias.

—¿Qué me vas a contar?

—Todo.

—¿Sirven para algo tus historias?

—No sé. No lo creo.

—Mejor. Diviérteme.

AUTÓGRAFOS

...fatal manejo de la esperanza

BORGES, *El espantoso redentor*
Lazarus Morrell.

Gudelia regresó del banco sin poder explicarme bien las dificultades. El simple hecho es que no quisieron cambiarle el cheque de mi mensualidad, firmado por Ruth en nombre de mi madre. Tuve que vestirme rápidamente y bajar al banco. No, no podía cobrar el cheque. Sí, mi madre dio contraorden ayer: ningún cheque a mi nombre debía ser pagado.

No me importa estar vestido de este modo, con alpargatas, sin calcetines, con pantalones de pana y un suéter flojo, sin camisa debajo. Me detengo un instante en la acera, con el cheque entre las manos y la resolana que me ciega. Me ofendo pensando en estas vulgaridades. Dos trajes nuevos. La cuenta de la casa de discos. El sueldo de Gudelia. Cigarrillos, gasolina, comida... Y no me atrevo, sin embargo, a romper en mil trocitos este pedazo de papel verdoso, con el nombre del banco impreso con letras negras, realzadas, y la suma casi perforada, roja, sellada por una máquina inviolable. No, la agresión no consiste en impedir que cobre; la venganza en este momento de pequeña y absurda y total dependencia: tener que recordar que un sastre va a presentarme una cuenta de dos mil pesos y que no tengo con qué responder. Que para aplazar el cobro sólo tengo un recurso, un crédito: recordarle:

—Soy el hijo de Claudia Nervo. Dispénseme el retardo. Le pagaré el mes entrante.

Y esperar, ahora, en la esquina de la casa de mi madre, a que su Mercedes salga como un tanque charolado a las guerras cotidianas, con el chofer al frente y ella detrás, la mariscala, con su abrigo de foca rasurada y su sombrero negro, de cardenal o de duque medievales, apenas vista por mí en el paso rápido y reflejo de su automóvil junto a mi Lancia cubierto, escondido en la esquina, que espera con el motor caliente para seguirla a donde vaya, enfrentarla, humillarme para demostrar mi valor.

Seguirla es suficiente para sentirme justificado. Dos o tres autos detrás del suyo, sólo por instantes logro distinguir el brillo veloz de su perfil y la forma eclesiástica de su cabeza, alejados, más que por esta breve distancia, por los tamices de los vidrios, por el cardillo de las carrocerías, por las sombras vagas de los árboles, por la luz intermitente del sol y el vapor reverberante de los motores y los pavimentos. La sigo y desconozco la ruta; obedezco mecánicamente a los semáforos pero mi guía es el Mercedes que no debo perder de vista. Y la ciudad me envuelve, quizá porque no le presto atención y, al desconocerla, dejo de resistirla. O, al fijarme sólo en la silueta desvanecida de mi madre, reúno en su imagen la de la ciudad: la depuro, la libero de sus fealdades e hinchazones, de su anarquía, para ceñirla a un ser construido, como Claudia, gracias a una voluntad de estilo. Regreso a las viejas fotos de una mujer lozana y acaso regordeta, excesiva en su representación de la fatalidad. Les superpongo esta nueva figura de huesos salientes, recortada como una flama, intocable y próxima: como debía ser la ciudad.

El auto de Claudia se detiene frente a una tienda de modas en la Avenida Madero. Ella desciende con las gafas oscuras y entra sin ser reconocida. El chofer conduce el Mercedes a un estacionamiento y yo busco el mío, en Bolívar: por un instante, el acomodador tampoco me reconoce, con este suéter flojo, sin camisa y sin corbata. En seguida sí, sabe quién soy y yo le entrego las llaves sin decir palabra.

Me detengo frente al Palacio de Iturbide, donde está la tienda de modas; recuerdo la casa de Guadalajara. La piedra labrada del barroco, la floración excesiva que es la contra-consagración de nuestro miedo disfrazado de buen gusto, reticencia, medio tono; otra venganza, otro chantaje, el de los estilos pendulares de nuestra arquitectura y nuestras vidas. Cruzo la calle y entro por las puertas de cristal a esta caja de palo de rosa, directamente, sin atender la inclinación de cabezas o la mirada que merecen mis alpargatas, mi cuello y mi pecho desnudos, hacia la cortina de terciopelo.

Detrás de ella, un rombo de espejos refleja siete veces esa bata de brocados negro y oro, esas pieles negras que la limitan en el cuello, las mangas, los faldones del largo trapecio, semejante a la túnica ceremonial de un zar.

Claudia se detiene en la pose perfecta. La modista deja de trabajar y me mira; Claudia mira a través de mí: no soy tolerado, no soy solicitado.

—¿Esto es persecución, o qué?

Me niego a verla: me bastan los siete espejos para hablarle dando la espalda: —Vengo a devolverte el cheque. Rebotó.

Claudia agita los puños de piel negra. —Sí. No tiene valor.

—¿Por qué?

—Adivina.

—No sé. ¿Quieres que te diga que me he portado bien, como un niño? Está bien: te juro que me he portado bien.

La modista, de rodillas, con la boca llena de agujas, reasume su trabajo. Qué capacidad para volverse invisible.

—Invades mi orden, santito. No sabes respetarme. Si tomo asiento, perderé autoridad; si sigo mirando al espejo, acabará por devorarme: son siete Claudias que me rodean: ruinas de cristal, cárcel de espejos.

—Tú me dijiste ayer en la mañana que debía buscarlas y juntarme con ellas.

¿Me perdona la vida? Aparta los brazos y observa las operaciones de la modista que está a sus pies y prende la piel a los faldones con alfileres.

—Buscarlas. A todas. No a una sola.

Me desplomo sobre la poltrona, con el rostro entre las manos.

—Ella me buscó. Créeme. Creí que no te molestarías. Tú me dijiste que las buscara; yo...

—No sabes resistir una sola tentación, ¿verdad?

Detengo las manos sobre las rodillas. —Mira quién habla.

—No entiendes la diferencia. Yo sería débil si resistiera las tentaciones; tú eres débil al aceptarlas...

Y el cuerpo, dúctil, que asume todas las posturas tradicionales de la elegancia frente a los espejos, niega con su fantasía física —pies muy separados, descalzos, reunidos, de puntas; brazos en vuelo, rígidos; mirada sobre el hombro, sorpresa fingida, alegría estática— lo sentencioso de la frase. Todo en mí se tiende, como un arco doble, a reconocer la imposibilidad de la venganza y a sospechar, a sospechar..

—Sabías que te buscaría, ¿verdad, mamá?

—Hazte ilusiones.

Y ya no es la misma. La he tocado. La he sorprendido. No, sólo la he tocado en algo vivo. No suelto la presa: —Lo demás no cuenta. Si hoy cobro el cheque, no hubiera tenido pretexto para buscarte —río quedamente.

Pies muy separados, descalzos. —Te andas metiendo en honduras, Mito. En mis terrenos. Tú mismo te expones.

—¿Me chantajeaste para que viniera a buscarte aquí?

Pies reunidos, de puntas: —Yo qué sé.

—¿Querías que te volviera a ver así, y no como el otro día, con anteojos, dictando esas...?

Ya está junto a mí, ella de pie y yo sentado y sus manos que no se atreven a tocar mi cabeza cuando yo la reclino contra esa tela brillante y agresiva, contra las caderas delgadas y Claudia, por fin, toca mi rostro con sus manos y yo abrazo su cintura y aprieto su cuerpo contra mi mejilla.

—Te quiero, mamá. —No nos miramos, no nos movemos, la modista sale en silencio—. Te agradezco que seas como eres, que me trates así... Te agradezco que me hayas separado de mi padre...

—Mito, Mito...

—No te querían, ¿sabes?

—Eso qué importa. Pobre gente ésa. Se quedaron pasmados.

—Hablaban mal de ti en secreto; creían que yo no los escuchaba, que yo no entendía...

—Tenían razón. Los hice sentirse mal. Les hice sentir que el mundo no se acababa entre sus cuatro paredes. Eso es lo que nunca perdonaron. Tu padre se imaginaba que lo que él ofrecía era el colmo; nadie podía desear más, si él había entregado su nombre y su casa. No tuvo la culpa.

—Sí, sí, te hubieras muerto ahí, te hubieras muerto joven, mamá, de tedio y sequedad.

—Qué va. Allí o donde quiera, yo hubiera sido yo. Lo que pasa es que ellos no podían seguirme. Te digo que yo estoy abierta, santito. El que quiera, que me siga. Creo que nunca he rechazado a nadie, de veras. La gente se me ha ido quedando atrás, eso es todo.

—Yo no.

—Está por verse.

—Claudia...

Levanto el rostro: ella está allí, entera, mía.

—Claudia, ya sé... ¿No quieres que caminemos por

el Paseo de la Reforma? Ya sé. Te invito un café. Tú y yo, juntos, solos...

Ríe y deja de acariciarme: —No hace falta.

Me da la espalda y se mira en los espejos: gira y los hace girar.

—Guillermo, todo es saber cómo se puede entrar a mi vida. A ti te la pongo más difícil porque eres de mi sangre. Lo único de mi sangre.

—Intentemos, por favor. —De pie, la sigo al centro del salón; pero ya no me atrevo a tocarla—. Puede ser tan divertido, ir a donde va todo el mundo, escondidos, tú sabes, de incógnito.

—Dame un cigarrillo. Por ahí no es la cosa. Es muy fácil.

—¿Tú también crees que estamos representando?

El humo deshace su rostro. —Eso que tú quieres déjalo para mis películas y ve a verlas con muchos pañuelos; te garantizo una hora y media de lagrimones. Lo otro, santo....

—¿Sí?

—Lo otro se representa en Ixtapalapa cada Viernes Santo. O en Oberammergau. ¿Nunca has estado en Oberammergau?

Niego con la cabeza y otra vez siento que tengo manos y pies inútiles.

—Aquí o allá, es igual. Vas cada año y todo se repite pero nada se repite. Sabes cómo va a terminar ese cuento pero es como si no lo supieras. Eso es la Pasión, tesoro. Eso no te hace llorar; nomás te cambia, ¿me entiendes? Pero no pongas esa cara. Está bien.

Se desviste lentamente, frente a mí, sonriendo, sin pedir que cierre los ojos o mire a otra parte: una cámara lo sugeriría todo limitándose al acercamiento de mi rostro. Se desabotona el batón y aparece, esbelta y maravillosa como es, sin un gramo de sobra, ligera y majestuosa al vestirse de nuevo con el sencillo trapecio de lana roja y colocarse el sombrero negro frente al espejo y acariciar el abrigo de foca que yo coloco sobre sus hombros.

—Vamos a pasear juntos. Ven. Aprende una cosa, santo. Si no logras tomar algo, tente tranquilo, no comas ansias, y la cosa vendrá a ti.

Toma mi mano y aparta la cortina carmesí y nos despedimos de las empleadas de la tienda y ya estamos en la Avenida Madero, tomados del brazo, sonriendo, como si todo se hubiese resuelto: éste sería el clímax, el sueño realizado, caminar juntos, entrar a un café, hablar durante horas, decirnos todo lo que nunca nos hemos podido decir: dejar de repetir nuestras frases hechas de soborno, odio y amor: reconocernos.

Pero no bastan las gafas negras.

Nos siguen.

Murmuran.

Se acercan.

Juntan las cabezas.

Señalan con el dedo.

¿Quién es el primero que cruza en nuestro camino, sonríe idiotamente, le pregunta a mi madre si en realidad ella es ella; quién el segundo, mientras ella se desprende de mí, sonríe y niega, trata de abrirse paso; quién el tercero, cuando ella deja de mirar hacia mí, ríe, acepta el primer papelito tendido, garabatea su nombre, trata de avanzar? ¿Quién el cuarto, el quinto, el décimo, cuando ella firma y firma autógrafos, me va dejando atrás, sometido a los codazos y a las prisas y a las burlas y admiraciones que escucho a mi alrededor, "mira las patas de gallo", "está conservadísima", "lloré tanto en su última película", "tengo un album lleno de sus fotos", "no se ve tan mala, tú", "¿no se te hace medio hombruna?", "es una diosa", "a mí no me excita nada", "la mujer más bella del mundo"...?

Alargo los brazos y ya no puedo tocarla.

Agito la mano, en alto, para decirle que estoy allí

y que no puedo nada contra esta turba instantánea que la ha rodeado.

Un policía se acerca; el chofer frena el Mercedes; el policía abre un camino; Claudia sube al automóvil entre las exclamaciones de desaliento.

Yo quedo atrás y veo el auto partir. El policía dispersa a la gente que después sigue su camino, choca conmigo porque yo he permanecido inmóvil, me pide excusas, murmura y hace un gesto de desagrado al rozarme.

Esa misma tarde llegó el nuevo cheque. El portero lo subió al apartamento y dijo que el chofer lo había traído. Gudelia me lo entregó y se ofreció a cambiarlo en seguida; le recordé que los bancos cierran a la una y, como siempre que no puede serme útil, la sirvienta colgó la cabeza y se encogió de hombros, como si la hubiese ofendido. Entonces tengo que acercarme a ella, poner mi mano sobre su hombro y asegurarle que no es su culpa. Y, si persiste en sentirse herida, no tendré más remedio que deshacerme de alguna vieja prenda para que Gudelia se la dé a Jesús. Gudelia la acepta sonriente y trata de besarme las manos y yo vuelvo a ser el señor. No sé qué haría sin Gudelia. Le gustó la vieja camisa de polo que le regalé; para mí no significó nada dársela. El suéter, sí. Sin Gudelia, estoy seguro, el apartamento se moriría de frío y desorden. Gudelia y Jesús y el catre rechinante. Ya es algo.

El cheque no es nada. Debía cobrarse en seguida y desaparecer en esa circulación inválida. Ahora, será preciso conservarlo hasta mañana y permitirle, simple papel, que represente mi mensualidad de ocho mil pesos durante toda esta tarde y toda esta noche; que siga teniendo un valor más allá del tiempo previsto entre su expedición y su cobro. No sé donde ponerlo e incluso acepto la tentación de enmarcarlo, colgarlo entre mis libros y dibujos en la sala. Un cheque, por lo menos, debía tener esa fortuna. Un cheque para la posteridad, una "obra de arte": muchas personas, al recibir su primer pago, lo conservan eternamente. Y ellas, quizá, no tendrían la seguridad de recibir otro. Yo sí. Claudia no me dejará morir de hambre.

Otro héroe haría lo mismo que yo en este instante: salir al balcón con el cheque entre las manos, dispuesto a romperlo y arrojarlo a la calle. Lafcadio lo haría. ¿Tú lo harías? Yo permanezco allí, con el cheque entre las manos, imaginando una caminata con mi madre a lo largo del Paseo de la Reforma; una conversación larga en la cafetería. El sastre está esperando sus dos mil pesos.

No es la primera vez que me desnudo lentamente, con las ventanas abiertas, sintiendo el chiflón a mis espaldas. Dicen que el clima de México es traicionero: calor de día, frío de noche. Pero la corriente de aire no podrá lo que mi imaginación, nunca. Todo consiste en imaginar el primer escalofrío, la primera lasitud invencible y luego arrastrarse a encontrar el pijama, apartar las sábanas, introducirse en esa cama honda, acogedora, antigua, de cobre.

—Gudelia, no me siento bien.

—¿Le preparo un tecito, don Guillermo?

—Sí, un té y una aspirina.

En todas mis escuelas, primero en Guadalajara para evitar los deportes, luego en México para ver si ella me sacaba del internado y me llevaba a vivir unos días a su casa, las tretas eran más fáciles. Decían que una cebolla escondida en el sobaco basta para crear la fiebre. Además, yo trataba de evitar lo que a los demás niños les gustaba —los juegos— y nadie podía creer que quisiera vivir con mi madre —pobrecito—. Siempre aceptaron la verdad de mis quejas y jaquecas.

Pero la cama, inmediatamente, me ha procurado la paz. La asocio siempre con la lectura, con las novelas más gordas, las que se reservan para los catarros y las convalescencias. He pensado en Lafcadio y tomo el volumen que está sobre la mesa de noche, lo hojeo al azar, buscando los párrafos subrayados, ¿también, espontáneamente?

—Aquí tiene, joven.

—Gracias.

—¿Se lo arrimo en la mesita?

—No, sobre las rodillas, por favor.

Su cabellera negra, lavada, roza mis labios. "Como el niño que juega a escondidas, que sin duda no quiere que lo encuentren, pero que desea, al menos, ser buscado, se aburría."

—¡Ay, dispense!

—No tengas cuidado. Y Gudelia. . .

"Al decir desinteresado, quiero decir gratuito. Y que el mal, lo que llamamos el mal, puede ser tan gratuito como el bien."

—Sí, don Luis.

—No salgas hoy. No me gusta quedarme solo cuando estoy malo.

—Como usted diga, señor.

"Si tu vas a Naples, tu devrais t'informer comment ils font le trou dans les macaroni. Je suis sur le chemin d'une nouvelle découverte." Cierro el libro y los ojos. ¿Seré sutil o crustáceo, por Dios? ¿Y cuál de los dos vale la pena ser? ¡Cómo se me ocurre pensar que Claudia, de modo espontáneo, va a telefonear!

—¿Llamó, joven?

—¿No ha llamado mi mamá?. . . No me mires así. . .

—Mandó esa carta, nomás.

—¿Cuál carta? Pero ¿qué te pasa? ¿Por qué no me la has entregado? Con razón ustedes nunca llegan a nada. . .

—Cómo que qué carta. Pues la que le entregué.

—Ah. El sobre con el cheque.

—Usted sabrá.

—Perdón, Gudelia.

—¿Quiere que llame a su mamá?

—No. No.

—¿Quiere que llame al doctor? Si llamo a su mamá, me va a mandar decir que llame al doctor. Una de dos, joven.

—Ya me siento mejor. Déjame.

Como si bastara una fiebre. La vez que me escapé del internado tuve que saltar la barda. Me destrocé las manos con los vidrios rotos que debían impedir el asalto de los ladrones y, lo supe entonces, la fuga de los niños. La barda era alta y tuve que plantar las manos sobre los vidrios para levantar mi peso, saltar y huir con las manos ensangrentadas y el profesor dando de silbatazos detrás de mí, correteándome por toda la Calzada de la Verónica. Nunca se le ocurrió abordar un taxi y alcanzarme. Ha de haber pensado que su deber era perseguirme a pie. Todos tenemos nuestros códigos caballerescos. Lo dejé atrás, resoplando. Yo corrí y corrí: llegar a casa de mi madre a las once de la mañana, verla despertar... No estaba, o no me admitieron, pero allí estaba su auto, allí se escuchaban risas y murmullos; en la sala con las cortinas cerradas. Su noche no había terminado. Me dio miedo vagar solo por las calles y regresé a que me curaran las manos en la escuela. Quisiera echarle eso en cara. Y hoy se atrevió a decir que en su vida no había melodrama, sólo pasión. ¿Compasión? De mí mismo.

—Llámala, Gudelia; tócame la frente; dime si no sudo; dime si estoy inventando; llámala antes de que se me pase; dile que me siento muy mal.

—Pero si nomás va a mandarle al doctor.

—Haz lo que te digo.

Aprieto el libro contra mi pecho. He logrado que el corazón me lata con desorden y que las piernas se me hielen. Si pudiera mantenerme en este estado mientras ella llega. Lafcadio Wlouiki. Si sólo fuese capaz de dormir con todas las puertas abiertas, salvar a un niño de una casa en llamas antes de empujar a su muerte a un desconocido que viaja conmigo en el tren; si sólo pudiese romper todas las fotografías secretas de mi vida una vez que los demás se han atrevido a hurgar en mis cajones. Y luego declarar que soy el asesino cuando nadie me acusa, cuando otro ya ha sido capturado en mi lugar... J'étais affamé de merveilles.

Ah, una Navidad se apiadó de mí y yo perdí la hermosa ocasión. Pero a los trece años, ¿qué armas se tienen? Entrar de noche, con los pies descalzos, a la recámara del hombre que vivía con ella y, con un sigilo sonriente que nunca he vuelto a tener, cruzar de hilos la cama, de un poste al otro, de la cabecera a las patas, en línea recta y diagonalmente, hasta crear esa falsa tela de araña de filamentos casi invisibles, espesa pero ligera, tejida y entretejida como la representación de una red aérea en el mapamundi, y esperar detrás de la puerta, con una mano sobre la boca, a que el hombre despertara para ingresar a la pesadilla que yo le regalaba. O llenar los tinacos, cuando lo oía entrar a la ducha, con el agua sucia de los lavaderos. Última Navidad con mi madre.

¿Qué dice, Gudelia? ¿Que va a venir? No te creo. ¿Que la espere? Pero ¿no le dijiste que estoy enfermo? ¿Que la imagine? ¿Eso te dijo? ¿Que la imagine como imagino mi enfermedad? Me estás mintiendo. Eres una gata mentirosa. Claudia jamás te hablaría a ti. Mandaría el recado con Ruth. A mí sí me habla, ¿ves?, me hace ese favor. Si me dices que Ruth te dijo que mi madre vendría a visitarme, te lo creería. ¿Y sabes qué haría? ¿Tú no tienes imaginación, Gudelia? ¿Crees que tus suspiros, tus orgasmos tímidos no llegan a mis oídos una noche sí y otra también? ¿No los escucho amplificados, saltando como grillos por las paredes de nuestras alcobas y nuestros corredores? ¿No los inventas para satisfacer a Jesús? ¿No los retienes para que, así de quedos, entren casi inaudibles a mi fantasía? Vamos a preguntarnos por qué tolero esta indecencia bajo mi propio techo. Podríamos reír juntos, tú y yo también. Te daría risa verme saltar de la cama en cuanto me avises que mi madre está en camino: despojarme de mi calentura como Claudia, esta mañana, se despojó de su túnica de monarca bizantino y me permitió verla; vestirme y salir a la calle, a la noche que se acerca. Dejarla con un palmo de narices.

—¿Dónde está Guillermo?

—Salió a la calle, Señora. Dijo que regresaba tarde.

"El amante está solo con todo lo que ama." Esas palabras las leías con voz plana, casi de desprecio. Decías que el romántico quería significar una soledad y un amor interiores y entonces su dolor era casi satisfactorio. Lo terrible, decías, es que esas palabras sean ciertas hoy en otro sentido; estamos solos con todo lo que amamos fuera de nosotros. Ya no podemos consolarnos pensando que podemos convocarlo al gusto de nuestra inspiración. Lo amado está allí, frente a nosotros, fuera de nosotros, retándonos a que lo toquemos, lo aceptemos como presencia material, nos arriesguemos a convivirlo. Estamos solos, no con la nostalgia, el deseo, el olvido o el sentimiento de lo amado, sino con su proximidad grave, cuantificable: hemos logrado darle un cuerpo a todas nuestras ilusiones; hemos asistido a la encarnación de todos nuestros fantasmas. Hemos convertido en materia todo lo que gemía, tapiado, invisible, entre los cielos y los infiernos que el mundo se ha anexado. Y terminabas: —No nos queda más remedio que disfrazar a los fantasmas visibles, para hacerlos tolerables y admitirlos en nuestros salones. "El misterio del mundo no es lo invisible, sino lo visible."

Sí, ahora que camino bajo esta llovizna pertinaz, con las solapas del impermeable levantadas —imagen Bogart— por las calles desiertas de la ciudad, por las aceras quebradas de la Colonia Roma, a donde' me ha conducido todo menos la deliberación, a las diez de la noche, quisiera que Claudia fuese sólo mi creación imaginaria. Pero si ha llegado al apartamento, a mi falso lecho de enfermo, a cuidarme y tocar mi frente helada, deberá hacerlo como en ciertas películas suyas, con aigrettes y polisón; con largas colas y un gran escote y mangas abombadas deberá pisar por primera vez mi habitación transformada, mi hermosa gruta fin de siglo, como una heroína de D'Annunzio, como una Bernhardt, una Duse, una Lillian Russell, una Carolina Otero. Estoy aquí, caminando entre las panaderías y las farmacias de la calle de Saltillo, sólo para impedir que a ese claustro entre una figura distinta a ésa, la querida, la de la silueta de reloj de arena.

—No te muevas, mamá. No me dejes acercarme a ti.

—Nunca había estado aquí.

—Sí, una vez.

—Pero era otro lugar. Cómo lo has cambiado.

—Lo preparé para ti.

—¿Crees que así quisiera vivir, santo?

—No, Claudia; al contrario. No quiero que te reconozcas en nada; ni en un decorado, ni en un espejo, ni en un hombre, ni...

—Ay, santito, no me des por mi lado. Tú sabes que yo sólo quiero durar.

—¿Aquí?

—No.

—¿Conmigo?

—No.

—¿Puedes imaginar algo mejor?

—No.

Cada negación es como una luz que se enciende y se apaga —o como una oscuridad que se vence y se afirma: entre una y otra no existe el tiempo de un parpadeo—. A punto de tocarla para darle la bienvenida, me detengo y me arrojo, boca abajo, sobre el ancho diván y sus múltiples cojines de seda y terciopelo. Reacciono, en esta brillante oscuridad, en esta lúgubre luminosidad, y me acerco a ella con el carro portátil: ¿café, un coñac...? Beso velozmente su mejilla y le doy la espalda. Huyo a encerrarme en mi cuarto. Claudia ha acudido a mi llamado y yo huyo de ella, la dejo sola en esa sala de otro tiempo, esa gruta de paneles de seda y madera, de biombos escarlata y candelabros de mayólica, ese escenario de gabinetes sinuosos y lámparas retorcidas y gráciles como flores silvestres y cortinajes gruesos y atriles detenidos sobre pedestales ondulantes, esa galería de objetos de vidrio labrado y pantallas emplomadas. La dejo para que, decorando, se desintegre, como las ancianas malignas de Pushkin y Henry James, en los museos secretos que no admiten precio de admisión. Entonces, momia de polvo, podré contemplarla entre los demás objetos: cayó en mi trampa. Dejó de existir fuera de mí. La poseo sin necesidad de desearla o de tocarla.

Me rasco la tetilla. Me acaricio la axila. La diabólica debilidad de los ojos de Baudelaire, en la foto de Nadar, vigila la fuerza angélica de mi soledad. Contemplo a Sarah Bernhardt, reclinada en su diván turco, con la zapatilla suelta y el perro a sus pies. Los poseo sin necesidad de desearlos o tocarlos. Voy a pensarlo, para liberarme. Voy a dejar que un pensamiento se insinúe: quizá Claudia es tonta. Ausente, podría repetir para ella las palabras de Baudelaire, la tontería, la bétise, es siempre la conservación de la belleza; aleja las arrugas; la estupidez es un cosmético divino que preserva a nuestros ídolos de los mordiscos del pensamiento. Pensaré en la figura central y obsesiva de mi madre como en un gran hoyo blanco que ocupa el escenario vacío. Y yo, entre bastidores, ¿quién soy? Me acaricio lentamente y me veo liberado del deseo ajeno, solo en mi gruta encantada, pronto a convertirme en el deseo propio: putto, ángel in maculado que no tomará marido ni mujer, querubín desinteresado. Abro las piernas en una gran Y de liberación egoísta: infantil y enferma. Me oculto de los espejos que me convocan y sólo me ofrecen el disfraz del mundo que jamás reconocerá el carácter angélico de mi soledad. Abro las puertas de los closets de par en par. Seré como el mundo quiere verme, apartado, ideal, vestido por Cardin: rozo con los dedos mis sacos ajustados, mis camisas de seda y olanes, mis zapatillas de charol y hebillas de plata, mi capa española, mi sombrero de copa aterciopelada. Me visto para el espejo. Viviré y dormiré, Baudelaire, frente a un espejo, seré el dandy perfecto, impasible, cuyo artificio le permite sobrevivir a las ilusiones, *sobrevivir a las ilusiones,* que tú soñaste. Viviré y dormiré.

—La señorita Ruth dice que su mamá de usted no puede ser molestada ahorita, pero que si quiere ella le manda al doctor. Que si ya se puso el termómetro.

—Está bien, Gudelia. Dile que no hace falta. Sólo estaba cansado.

—¿Se le ofrece alguna otra cosa?

—Déjame endosar el cheque. Cóbralo mañana temprano.

—Sí, señor. Buenas noches, señor.

Mi autógrafo. ¿Mi nombre?

NOMBRE DEL JUEGO

"Playl"

FITZGERALD, *The Great Gatsby.*

No habrá luz esta noche. Debemos apresurarnos. Quiero que conozcas la casa.

El cielo bajo y gris precipita su anuncio. La criada es una vieja vestida de negro, toda de negro, con medias negras. Enciende la chimenea del salón habitado sin mirarnos. Murmura: —Piove, piove...

Afuera, el jardín que debemos visitar antes de que caiga la noche. Me detengo junto a la ventana y aparto las cortinas de muselina. Es un jardín de hojas amarillas, muertas: un perro escarba entre ellas y los troncos limpios son de la higuera y el laurel. El limonero. Los geranios secos.

Ven. No te detengas. No hay tiempo.

La vieja sonríe y dice que a las nueve servirá la cena. Tú y yo, desde el jardín, permanecemos mirando las estatuas decapitadas de la terraza.

¿No podemos acercarnos más?

No. Esa planta está clausurada. Es de un tío.

¿Viene alguna vez al palacio?

No. Nunca. Le satisface saber que su ala está condenada. Fue toda su herencia y quiere darse el lujo de sér caprichoso con ella.

La terraza es de ladrillo; las estatuas, posadas sobre las balaustradas y en los nichos ocres del muro, hablan con el gesto de sus manos rotas, de sus posturas fijas. No queda una sola cabeza, sólo los cuerpos de color extremo: blanco salvado, negro agresor, pliegues y repliegues de los colores ausentes y totales, negándose y confundiéndose el uno al otro, reunidos y sin fusión. Los drapeados de las ropas míticas, la desnudez de la carne ceremonial, negra y blanca, pertenecen a la mitad muerta de los planetas: te lo repito ahora: a la mitad sin luz, sin mirada, sin cabeza, que está acechando en todos los rincones del palacio de Madonna dei Monti. El palacio mismo es el otro rostro de la montaña que lo acoge entre los riscos y precipicios. No hay más rumor que el de ese torrente que nace en las cumbres del Matese y desciende para convertirse en el riachuelo de los detritus: desde las ventanas de la cocina, arrojas las cáscaras de nuez a la barranca. Esa parte del palacio son los contrafuertes originales: un gran muro liso cimentado en las profundidades.

Muro y barranca nos separan del otro mundo, el de las cuevas de piedra labradas en la montaña y convertidas en casas. El niño aparece en ese balcón, del otro lado del torrente y las pilas de basura. Comienza a disparar. Un momento. Tiene ojos de águila; pupilas rapaces hundidas en la tierna insolencia de su rostro blanco, de su cabeza lacia y oscura. Apunta, desde su balcón, hacia la ventana abierta de la cocina donde nosotros respiramos el aire frío y creemos admirar esas masas cortadas a pico. Dispara la escopeta. Tú gritas. No podía fallar, con esa mirada de presa. Tú gritas. Te llevas las manos a la garganta y caes sobre la mesa, las cacerolas, las pastas, la inmediatez de la cocina abandonada por la vieja vestida de negro que ha descendido al pueblo:

—No me avisaron. No tengo provisiones.

No me muevo. Cruzo mi mirada con la del niño de la escopeta. La rapiña de sus ojos no cambia. Pero las mejillas sonrosadas se crispan, arroja la escopeta y corre, mudo y nervioso, adentro de su casa-cueva. Te incorporas riendo y haces un paso de baile.

Te deslizas con los brazos extendidos por una de las rampas que ascienden del cortile para unirse en la terraza de ingreso al palacio. Un león de estuco, lamoso, se levanta en el centro de ese patio. Te sientas a sus pies y me ofreces un frasco de pastillas.

Vitamina C. Hay que prevenir los catarros en esta humedad.

El campanile suena cinco veces. Al pueblo se desciende por los pasajes antiguos. El palacio está en la cumbre, pero la cercanía de sus detalles me distrae y obsesiona. Sólo ahora, al descender, me doy cuenta de que hay un bosque de antenas de televisión y, más allá, esos chispazos blancos, esa luz brillante y azul fija en el andamiaje de una construcción moderna.

Es la primera casa de apartamentos que hacen aquí.

La antorcha del soldador se apaga. Me miras con burla; tu silencio es burlón.

No quiero bajar esta vez al pueblo.

Te encoges de hombros y regresamos al palacio. Señalas la placa colocada a la entrada del portón. Historical monument: out of bounds for all troups. PC lst BR HQUS 387 Engineers. Empiezo a desconfiar. Permito que pases primero, que te adelantes a mí, siendo yo tu huésped, para volverte a observar. La larga bufanda envuelve tu cuello y te cae sobre la espalda; el suéter grueso brilla minúsculamente, como si absorbiera la humedad; las piernas, en cambio, se mueven de esa manera seca y elegante; las botas raspadas pisan fuerte sobre las baldosas. ¿Qué vamos a hacer juntos? Levanto instintivamente las solapas de mi saco; ya sé que el frío dentro del palacio es peor que en las callejuelas. Y observando tu posesión, tu seguridad, el paso de zorro que me precede como una sombra, siento otra vez la torpeza de mis movimientos, la inconfesable tortura de la comunicación, el anhelo desgraciado de la soledad. Toda mi negación está en tu manera de caminar. En tu manera de estar. Stendhal, Italia: todo le será perdonado al hombre que fascina.

Te sigo por los pasillos de bóvedas ennegrecidas. Abres de una patada las puertas dobles. Entras y te sigo. Me detengo. Escucho tu respiración; después tus pasos seguros en la oscuridad, por fin el choque de las bolas de marfil.

¿Quieres jugar?

No... no veo nada.

Uno, dos, tres golpes secos. Estornudo.

Ven. Sígueme.

Esa luz abarrotada por los álamos y las celosías llega hasta los muros de la gran estancia deshabitada, carcomida por la humedad que desciende del techo y asciende del piso, sin borrar por completo la blancura, tan esfumada, de los frescos. Armas viejas que nadie usa. Cascos. Banderas que nada significan. Pedestales truncos y vacíos. Angelotes rubicundos, con cornetas que quieren anunciar el triufo de una gloria olvidada: la de estos objetos, estos trastes pintados con las líneas más débiles, con las tibiezas del amarillo, el rosa y el azul bañados en la blancura disipada, cubiertos por esa nata desteñida que aleja el conjunto: quiero imaginar la concepción irónica que, al celebrar alguna hazaña particular, o la simple majestad abstracta de la antigua casa y sus moradores, preveía su eventual derrumbe, su fatal disminución en el tiempo.

El pintor había colocado, en la línea, en el color, en la atmósfera de estos frescos, una semilla de destrucción que debía crecer, como los hongos incrustados a la piel viva, a medida que su obra, y el tema de su obra, envejecieran. Los putti mofletudos soplan sus cornetas, vuelan sobre el túmulo de las armas y los estandartes con una nostalgia de gloria que es también anuncio de olvido y de miseria. Siento, de frente a los frescos, un dolor y una ansiedad remotos: salón vacío de juegos y consagraciones y dentro de él un niño de mi edad, tú, aquí, y yo en aquella casa del tacto ausente.

Te acercas al fresco y enciendes un fósforo: lo raspas sobre el rostro del querube. Lo desfiguras. Observas sonriendo mi gesto, precipitado y tímido, de defensa.

Historical monument. Out of bounds.

No sé por qué lo conservan. Llevan más de medio siglo sin habitarlo.

Pero tú vives aquí... Bueno, de vez en cuando...

Sí. Los tuve que obligar. Les dije que iba a morir de cáncer y que deseaba terminar aquí mis días. Eso lo comprendieron. Creyeron que había cierta grandeza en la imagen. El delfín regresa al palacio para morir. Les habría gustado mucho ese desenlace. Un buen motivo para seguir manteniendo la ficción. No deja de ser ofensivo. Mi muerte considerada como la última fecha histórica del palacio. Como que no sucede nada extraordinario desde Garibaldi. Entonces sí, las tropas entraron, se acuartelaron, rasgaron las cortinas y mancharon los muebles. Durante la última guerra no. Fue una oficina aséptica de los americanos.

Enciendes otro cerillo y te acercas a la pared más oscura. Tu mano gira, iluminando ese segundo fresco.

De niño me paseé por aquí vestido de balilla. Parecía un enano grotesco con ese uniforme infantil negro. Como es el salón más grande del palacio, aprovechaba para ensayar el trotecito de las tropas.

Otros ángeles, pulverizados por la luz de un pincel quebrado, puntillista: creados y destruidos por esa luz voluntariamente falsa que los traspasa con una transparencia espesa: un trabajo aplicado, salvaje, lento, de construcción y destrucción: una forma final, no perceptible al ojo desnudo, de feto y cadáver, de útero y tumba: ¿qué es un ángel?

Mi propio renacimiento. Oh, fue una familia de condottieri, recibieron las tierras como pago por sus servicios en unas guerras ficticias, construyeron el palacio con los botines, llegaron a ser papas...

Otro túmulo, un collage. Anunciado por los ángeles-feto, por los querubes-cadáver que soplan sus trompetas de jazz sobre el hacinamiento de objetos pegados al muro, en bulto: las fotografías acartonadas de mujeres con figura de reloj de arena.

¿Quieres algo más pedestre? El abuelo se tiró la fortuna en la ruleta. Iba a Monte Carlo, perdía, regresaba, se humillaba ante la familia, pedía perdón, recuperaba el buen ánimo, vendía unas tierras, regresaba al casino. De viejito, fue un tacaño espantoso.

La vieja bandeja de laca quebrada: capullos de rosa, violetas postizas, piñas cancerosas; la tetera de plata; las portadas de revistas ilustradas; las alas extendidas y apolilladas de un murciélago; las crestas de gallo; los corchos de vino; las corcholatas de cocacola; los preservativos amarillos; las cabezas de cerdo, amputadas, de mirada legañosa, pálidas a pesar de sus manchas moradas, apenas zumbando con un hedor de moscas panzonas, lustrosas, verdáceas; los perfiles de las vampiresas mudas, Francesca Bertini. Italia Almirante Manzini, Pina Menichelli, Giovanna Terribili González: sus perfiles de terciopelo besan la máscara blanca de las estatuas, las cabezas trastocadas, el volumen de mármol comido por una viruela sin nombre.

Corro a las celosías, pego mis ojos a las rejillas rozadas por la blancura de los álamos, quiero traspasar toda esa barrera de filigranas para ver el paisaje de estatuas truncas en la terraza, para saber que las cabezas les han vuelto a crecer, ya no de piedra: ahora de estropajo, ahora de brujos protectores de las semillas: espantapájaros de ojos lánguidos y bocas zurcidas por donde asoman las lenguas de hierba: sólo la noche de la tarde, la velocidad perdida del sol, el toque de queda en una caserna.

Tu mano acaricia mi hombro, detrás de ti. Guglielmo, hay algo infectado en la niñez. Estamos demasiado cerca de nuestro propio origen.

El cobertor de pieles había caído al suelo. Sentía una desnudez tan fría como la de esta nueva mañana que anunciaba la Navidad con un fina llovizna. Pero yo no tenía frío. La muñeca —o el muñeco— de trapo color de rosa seguía durmiendo, despatarrado, junto a mí. Quizá lo abracé toda la noche. No sé. Las costuras estaban un poco deshechas y en la cabeza de trapo, sin facciones pintadas, no pude recordar algo. Los brazos y las piernas rellenos de algodón se trenzaban y me trenzaban; la pintura del trapo era reciente: lo noté en mis manos, mi pecho, mi vientre manchados.

Levanté la mirada. Encima de la cabecera, en lugar de la acostumbrada estampa religiosa, entreabría los labios, mostraba los dientes retocados y brillantes, ocultaba los pechos con una mano y se acariciaba el cuello con la otra, otra vez, una de las vampiresas del cine mudo: ese cartel, gastado en los bordes, barnizado de nueva cuenta, era la victoria cotidiana —la eternidad— de esa antigua actriz. Bastaba este acto de adoración para que Francesca Bertini retuviese para siempre el tiempo presente de su belleza. Dios te salve, Francesca, llena eres de gracia: me hinqué en la cama y uní las manos cerca de la piel de leopardo que cubría el cuerpo de la Bertini. Y bendito sea el fruto de tu vientre...

Repetiste tu nombre desde el marco de piedra de la puerta que comunicaba mi recámara con la tuya. Estabas desnudo y te secabas la cabeza con una toalla.

—¿Ya viste qué día más espantoso? Buon Natale, caro. Beato tú que en tu país tienes una Navidad con cocos y palmeras.

Agitaste la cabeza hasta que el agua salió de tu oído: frunciste la nariz mientras mirabas hacia el paisaje invisible detrás de la llovizna.

—Aquí nunca he visto una Navidad blanca. Todos los años, lluvia y lodo. Menos mal. A nadie se le ocurre venir a acompañarme.

—¿Ni tu madre?

—Nunca. Está ocupadísima con su tienda de modas. Cose y cose. Además, se lo prohibiría yo. Beato tú; estás lejos de tu casa.

Uní el mentón a las rodillas. —No. Mi madre está en París.

—Ah. Tú tampoco quisiste pasar las fiestas con ella.

Afirmé con la cabeza y me tendiste la mano. Me levanté de la cama, guiado por tu mano. Querías conducirme en seguida a otro lugar; lo sentí en la urgencia de tu mano.

—Espera. Deja que me vista.

—No. No hace falta. La vieja se ha ido a festejar con sus familiares. Estamos solos en el palacio.

—No sé.

Me hinqué otra vez en la cama y la Bertini me pareció bendita entre todas las mujeres: es cierto, el cartelista le había pintado esa lágrima postiza entre las pestañas: tuerta.

—No dormí bien. Prefiero descansar toda la mañana.

—Está bien. Nos veremos para almorzar. Yo mismo voy a preparar la comida. Tenemos unas enormes fresas de postre.

—No, gracias. Las fresas me enferman.

¿Están bien cerrados los postigos? ¿Nadie nos puede ver? No importa: la oscuridad empieza a tomar cuerpo dentro de la oscuridad. Estoy lejos, detrás de la puerta de ese claustro tuyo, el de los frescos gemelos, el muro del renacimiento y el que tú mismo has fabricado con esos objetos. Observo entre las rendijas. Ahora has llenado esa gran pieza desnuda de ayer con todos esos sillones desvencijados, de un terciopelo arrancado a las espaldas de los roedores, desfondados, alimentados por esa paja que asoma, casi crepitante, a regarse por el piso.

Te espío.

Te has puesto esa casaca napoleónica negra y empolvada, con enormes solapas de brocado muerto: es toda tu ropa mientras te mueves alrededor del salón clausurado de tu familia, te inclinas cortésmente, transmutas la cortesía en un orgullo colérico, haces esos pasos de gavota, de fauno: tu casaca y tus pies desnudos permiten imaginar a un Dios Pan en Versalles. Rey, ¿dónde está tu corte? Te espío.

Te atienden: las muñecas de tamaño natural, todas de trapo rosado, todas sin facciones, todas mal cosidas, rellenas de ese algodón que asoma entre las roturas como la paja entre los fondos de las sillas desvencijadas: las espío a través de esa oscuridad corpórea, de telas de costura apresurada: espío las pelucas blancas, mal puestas, que les dan un aire beodo; espío las zapatillas de ballerina con puntas pesadas que vencen aún más esas piernas fláccidas, de algodón, por donde trepan las agujetas blancas; espío los puros armazones de miriñaque que las visten. Y en una, u otra, el relleno excesivo del vientre, la panza hinchada de algodón que lucha por zafarse de la costura, asomar como una larva sin sangre.

Sí. Yo también quisiera sentirlo. Te lo juro.

Convocar, como tú, esa música más que lenta, esa lenta posesión de un ritmo de alfileres ensartados a esta semblanza de la carne. Pero esas muñecas preñadas son acericos, han sido creadas con dedal e hilo; sirven para torturarlas, para bailar con ellas, como tú, el rey joven de la vieja casaca, el monarca escarnido y desnudo que gira con la muñeca barrigona entre los brazos, el emperador viril que puede adueñarse de esas princesas lánguidas sin pedirles permiso, arrojarlas sobre el piso, descubrir la entrada que tú mismo fabricaste.

Entré a la pieza, dueño como tú de la oscuridad, dije tu nombre: te interrumpí voluntariamente y tú me miraste con ese pánico sereno e inevitable que debe sentirse en el combate desigual con el tiburón, el tigre, el fuego, el desastre aéreo: el momento en que el terror se convierte en una renuncia que puede ser el momento más alto de nuestra alegría: no hay nada por vencer.

Te alejaste de la muñeca, rodaste, permaneciste boca arriba, con las piernas abiertas, arqueado, apoyado en los codos. Y el parto —nunca sabré si pude decirlo— era el del ser que regresa cada vez que lo olvidan, del ser que antes ha muerto, y morirá siempre, de tarde en tarde, para no parecer un monstruo: sudas, te tuerces, lentamente, bajo la mirada de los angelotes y de las vampiresas, del arte que heredaste y el arte que creaste, para decir al fin lo que no quería escuchar.

No toques nada, Guglielmo.

Levántate, por favor, levántate.

Quiero durar, Guglielmo. Estoy buscando la manera, la única que conozco. Júrame que mientras estés aquí no tocarás nada.

Pero es que ahora, desde ahora, sí quiero tocar.

No me tengas desconfianza. Entiéndeme. Desea, ruega, sirve, besa, pero no dejes que se consuma... Sólo eso es tocar. Consumir.

Gira este carrusel de estatuas decapitadas y muñecas de trapo, molduras cancerosas y actrices de rotograbado; hay una rotación de objetos lunares, de tambores y banderas, de cabezas de marrano y crestas de gallo; hay una nueva estatuaria, una nueva decoración, una nueva greca serpentina, un relieve de yeso húmedo, de los que estoy pasando a formar parte... Te doy la cara. No estás. O estás en la noche que nos separa: tu rostro es la noche. ¿Cómo voy a recompensar tu compasión, tu abandono de ese juguete color de caramelo, qué premio voy a darle a un cuerpo convertido en la mitad de la jornada, en la presencia desaparecida que me contiene y me invita a salir de mi propia piel? Siento hambre. Recuerdo la cena que nos prepara la vieja. O el almuerzo que tú mismo vas a preparar. Y en seguida rechazo la satisfacción prometida. No sé si te entiendo bien. Consumir es consumar es tocar es pecar. Sigo tus pasos sin tocarte, sin saber si me precedes a lo largo de esos pasillos de bóveda sin luz que tú conoces a ciegas, sometido a mi tacto de los estucados húmedos, de las grecas quebradas, de las manijas frías, de los muros blandos, de las argollas herrumbrosas, de los espejos sin azogue, de las cornucopias labradas y entrelazadas en el túnel que nos conduce a la planta habitada del palacio mientras yo creo seguir tus pasos y quizá sólo escucho los míos que marcan las estancias de algo que ya es tu mandato: honra y disimulo, servicio y paciencia: amor de mí mismo, al entrar por fin a esa recámara helada y oler su retiro de pieles, alfombras y armarios abiertos por primera vez en muchos años; amor distante, al atreverme a tocar la cabecera de la cama de fierro, la tapa de cuero de un escritorio antiguo; consolación de esa ausencia rescatada por un sentido gemelo del narcisismo; rápido y fatal desvestirme en esa soledad sin luz ni color, en ese pequeño infierno de la recámara que me has reservado; lenta inmersión en el lecho cubierto de pieles; nuevo encuentro con el sitio de mi cuerpo, la campaña contra mi propia piel, la guerra contra los escondrijos de todo lo que soy y no me es permitido ser: hermosa oscuridad, amor velado, premio del calor, piedad de las sábanas: ardor maravilloso de un tacto prohibido, pasión sin fin de mi cuerpo insatisfecho, gracia desconocida del sueño agotado. Nunca regresarán las luces, esta noche.

—Por favor, ten cuidado...

—No te preocupes. No ha nacido un italiano que no sea un as del volante.

—Ve más despacio, por favor...

—¿A qué hora salimos de Nápoles?

—Treinta y cinco minutos, creo... Es demasiado...

—Con suerte, hay sol. Y habrá mar. Una ilusión de verano.

—Regresemos al palacio.

—No lo aguanto más. Basta. A este paso, en veinte minutos estaremos en Positano.

—No tenemos prisa, por favor, por favor...

—Admira la naturaleza y no tengas miedo, Guglielmo. ¿No son hermosos estos riscos? Tienen ganas de llegar al mar, de precipitarse, como nosotros.

—Por lo menos toca el claxon en las curvas...

—¿Para sentirme seguro? No tendría chiste. Suelta la mano. El auto lo manejo yo. ¡Que sueltes, te digo! ¿Tienes mucho miedo?

—Sí, tengo mucho miedo; por favor; ¡esta carretera no tiene protecciones!

—¿Crees que mi padre tuvo protecciones cuando volaba sobre el desierto de Libia? ¿Crees que alguien le aseguró que iba a regresar sano y salvo?

—Tu padre está muerto, yo no, yo no...

—Imbécil. ¿Quién te dijo que está muerto? Nunca encontraron su cuerpo. Cualquier día regresa. ¡Ojalá! Ya no me darían la lata con todas esas historias de su heroicidad. ¡Héroe! ¡Todos saben que los italianos corrían como conejos! El viejo ha de haber aprovechado la guerra para quedarse con una puta en Trípoli y salvarse para siempre de la tradición, la familia, mi devotísima madre, un palacio destartalado...

—¡Cuidado! ¡Cuidado! ¡Se nos echa encima!

—Eeeeh... Esa sí fue cerca... Ciao, cretino.

—¡No te rías!

—¡No me río! ¡Me transfiguro! ¡Quiero durar, ya te lo dije!

—¿Quieres durar? ¿Quieres durar? ¿Dónde? ¿Estrellado contra una de estas rocas? ¿En el fondo del mar?

—Ojalá. ¡Magari! La montaña misma se está cayendo al mar continuamente, ¿no te das cuenta?

—No quiero. Es un precipicio a pico; mira...

—¡No mires!

—No mires, no toques, no... Siento náuseas. Estoy harto. ¡Déjame bajar!

—Te atropellarían. Los campesinos no transitan por la carretera amalfitana. Andan allá arriba, con las cabras, entre las rocas.

—Prende los fanales, por lo menos, por favor, ten piedad...

—No.

—Ten piedad.

—¡No! Sólo cuando vea otras luces que se nos arrojan encima. Pobre diablo. ¿No entiendes que quiero durar? ¿Cuántas veces te lo tengo que repetir?

—¡Yo también quiero durar! ¡Detente! ¡Déjame bajar!

—Ésta es la única manera: una transfiguración y otra y luego otra. Guglielmo, si te captura el tiempo te mata. Empieza, se desarrolla, termina. Si te transfiguras, sólo pasas de un estado a otro, siempre, incandescente, como las estatuas del palacio. ¡No toques nada! ¡El auto lo manejo yo!

—Esas luces...

—Es Positano. Descansa. Son las luces de las casas. Hemos llegado. ¿No te sientes distinto? Es la adrenalina, la adrenalina, la adrenalina...

Has pedido un plato de fresas y las comes en la cama mientras yo te oigo y lejos de ti, de pie, aparto la cortina de la ventana en nuestro cuarto de hotel y miro hacia la playa nocturna de Positano. Me pides, riendo, que no me deje fascinar por este mar: en él se han ahogado poetas que no querían ser amados, sino recordados. Te digo que no miro al mar, sino a la playa. Es cierto: esa muchacha cabalga, ahora de noche, idéntica a la noche, sobre la arena. Quisiera preguntarte si la conoces. Debes escuchar, de lejos, el ritmo de los cascos sobre la arena, porque dices, mientras comes, desnudo y lánguido y sin embargo tenso y revestido por el bronce del sol de la mañana, que me cuide de las ventanas que dan sobre el infinito. Sollozo lamentablemente. Tú a mis espaldas, esa visión femenina frente a mí, yo desgarrado, empalado, adolorido y con unas ganas desesperadas de estar solo y vestirme y salir a caminar por la playa y, acaso, distinguir el rostro de la muchacha que, todos los días, a horas imprevistas, monta a caballo y mira hacia las islas de las sirenas. Adivinas, te burlas de mí: dices que necesito mediadores, siempre; dices que tú me enseñarás —si tenemos tiempo— a ver las cosas sin necesidad de sacramentos. Te ofrezco el rostro con el enojo que cree responder a tu burla. Quisiera reírme de tu estupidez y sólo puedo balbucear que no entiendes nada, que siempre los necesitaré, a ti o a esa muchacha que cabalga por la playa frente al Tirreno. Me observas con cariño, Giancarlo, casi con compasión. Unes las rodillas y te limpias la boca con la sábana e insistes en ofrecerme esas fresas que me enferman. La recámara huele demasiado a cal fresca. Dices que la verdadera visión nos restituye la pareja original: la visión libre, sin mediadores. Porque se corre el riesgo de confundir al mediador con la mitad que deseamos y entonces la visión se vuelve fugitiva. No te entiendo. Suspiras y haces planes para el día siguiente. Iremos en barco a Amalfi y comeremos en un restaurant de la rada. Fabricas un menú de vino blanco, tortellini y frutti di mare. Dices que quisieras emborracharte con sambuca: una borrachera dulzona, pesada. Supersticioso: ni más ni menos que tres granos de café tostado flotando en ese licor viscoso. ¿Camaradas, Guglielmo? ¿Hermanos? Aunque sea temporales, caro. Hermanos nacidos de una misma madre. Apolo y Dionisos, que sólo durante el invierno compartían su oráculo. Adelphoi. Gemelos, Guglielmo: Apolo, dios del sol y su cuate antagonista, Dionisos, el conductor de almas. Me asomo y la muchacha a caballo se ha ido.

EN DONDE SE DECLARA Y SE CORRESPONDE

Declaro solemnemente...

DOSTOIEVSKY, *Notas
desde el subterráneo.*

Ruth está sentada en la barra del Sanborn's de la calle Niza, bebiendo un café americano. Hay un lugar libre al lado de ella. Lo tomo. Primero no se ocupa de mí. Tiene un *Newsweek* abierto, apoyado contra el frasco de los popotes. Después me mira sin reconocerme. Por fin ríe, finge atragantarse con un buche de café, se tapa la boca con una servilleta de papel y vuelve a reír. Dice que me imaginaba en cama, con fiebre; guiña un ojo. Hablamos y Ruth declara.

—No, no tienes de qué sorprenderte. Hace tiempo que nuestra relación es muy estable. Claudia ya no siente la necesidad de imponerse a mí. Sabe que la quiero bien y que hago su voluntad. Tú no la recuerdas cuando todavía era una mujer insegura. Sencillamente, temía que la aceptaran demasiado por su belleza y que al mismo tiempo rechazaran su personalidad. Ahora sabe que las dos son lo mismo y ya no se preocupa. Quizá me debe algo. Sí, eso; yo le probé, al principio, que podía aguantar todas sus violencias y groserías sin dejar de estimarla. Tú no has de recordar todos aquellos escándalos; llegaba tarde al set, era caprichuda, insultaba al director. Qué sé yo. Pero nunca habría agotado su violencia si no me tiene a mí al lado, soportándosela, todos los días de la vida. No, no creas que soy una masoquista; ni siquiera soy desinteresada. Le doy algo más importante a tu mamá, pero ella me da algo todavía mejor a mí. No sé a quién puede interesarle mi historia; es muy común y corriente; es un desengaño cualquiera; no vale la pena acordarse, de veras. Tú sabes cómo son las familias y cómo son los hombres aquí. Cualquiera diría que se entienden a costillas de la mujer, que es siempre la más fregada. No importa. Lo que aprendí con Claudia es que una puede librarse del ser querido y seguir viviendo. No, no creas que te voy a decir una tontería; que tu mamá me hizo olvidar mis penas y que llevo quince años manteniendo vivo ese viejo amor como si... No, mira. Claudia casi me pega, casi me arrastra por su cuarto gritándome. "¿Qué quieres, en fin? ¿Quieres ser una monjita pecaminosa y devota? ¿Quieres olvidar lo que pasó y al mismo tiempo recordarlo como si no hubiera pasado? Mira Ruth, los conventos de monjas nunca han sido más que lupanares lésbicos y ni creas que te voy a hacer el juego. En mi casa no hay celdas. Esta jaula es de puro aire. Si te quedas aquí, nunca más vas a creer que nunca más vas a ser todo lo que fuiste cuando te enamoraste. Te vas a olvidar volando que con los años puedes ser algo más o algo mejor, pero nunca más todo lo que fuiste entonces. Conmigo no hay pasados. Todo está pasando ahorita." ¿Ves? Con Claudia no hay esa terrible tentación de ponerse sentimental o nostálgico, porque ella tiene presente toda su vida, ¿me entiendes?, presente pero no separada de ella. No nombra las cosas que pasaron, nunca. Son parte de lo que ella es, ahorita. No le creas si te habla de algo que ya pasó. Es un cuento que acaba de inventar; es parte de su presente. A veces se me ocurre que por eso la han tildado de inmoral, porque no trata de justificar las cosas pasadas, como casi todo el mundo. Puede que sí. Puede que tu mamá nos haya hecho un poquito más libres, un poquito mejores, a todas. Cómo no; te lo acepto. Vivo de prestado, igualito que las empleadas que pagan sus cuatro pesos por verla en el cine. ¿Qué quieres? A mí me basta. Sólo que yo no busco lo que Claudia Nervo ofrece en sus películas. Amor y belleza y peligro. Para mí tu madre es fuerza. Prefiero esa fuerza prestada. Yo sola sería muy débil. Toda la fuerza que yo podría lograr sola no sería nada. Vivir a través de tu madre es todo; mucho más de lo que pude imaginar, de veras. No me falta nada y a mí me gustan las cosas. Bueno, las cosas necesarias, desde luego. Pero ¿por qué ha de sufrir uno por tener lo indispensable? Una lavadora, un coche, un buen estéreo. Imagínate si nos quedáramos sin eso. ¿Tú podrías vivir sin esas comodidades? Como secretaria de Claudia, tengo más de lo que necesito; un viaje al extranjero cada año, hoteles magníficos, los mejores restaurantes. Y todo lo demás. Ver cómo se impone, cómo se burla, cómo le da vuelta y media al más pintado. ¿Cómo va una a quejarse, Guillermo? Me imagino de taquimeca en una oficina o de vendedora en un Minimax y me da la alferecía, te lo juro. ¿Y Claudia? Pues tiene siempre una espectadora media en casa, ¿te parece poco? No, es guasa; es mucho más que eso. Tu madre ha demostrado que en México una mujer puede vivir de acuerdo con su propia moral y su propia fantasía. ¿Te parece poco? No sabes lo que era esto hace veinte años... Fíjate, yo hago lo mismo que ella. En serio. Sólo que yo quiero mi modestia. Claudia lo sabe y creo que me lo agradece, bueno, que la gente común y corriente, como yo, también... Tú me entiendes. Además, con Claudia se saben secretos, secretos de verdad. ¿Qué quieres? Hasta esa satisfacción tengo, hasta esa coquetería: saber callármelos. No la busques, Guillermo. Claudia aparecerá cuando menos la esperes. Conoce su juego. Gudelia ha subido con el correo matutino. Sorteo las cuentas —la mayoría— y las separo de la correspondencia —una sola carta—. Reconozco el sobre y me extraño. Sólo escribe ocasionalmente, una semana antes de mi cumpleaños; a veces, unos días antes de la Navidad. Pero ahora estamos en septiembre y mi cumpleaños es en julio. Ha leído los periódicos. Sabe que Claudia viajará dentro de dos días.

"Aquí todo sigue igual, yo me voy poniendo más viejo y casi nada me distrae. A veces voy al cine, pero las cosas de hoy no me gustan. Qué necesidad de que la gente sufra y vea horrores, como si no bastara sufrir en la vida. Pero se están haciendo bonitas vistas mexicanas a colores y no hay que leer los letreros. Los ojos se me han cansado mucho. Le digo a tu abuelita que han de ser tantos años de revisar facturas y de llevar las cuentas al día. Con tanto pillo como hay cuesta lo doble ser honrado. A mí se me notan los años más que a tu abuelita. Será porque ella ya no puede envejecer más. Ya casi no tiene memoria, todo se le olvida. Con decirte que a veces hasta me confunde y cree que soy su marido, digo tu abuelito que tú no tuviste la dicha de conocer. He tenido que dejar el tenis por recomendación médica. Me hicieron un chequeo el mes pasado y parece que la vieja máquina todavía da para algunos añitos, siempre que tome las cosas con moderación. Yo era un león, hijito. Me recorrí toda la República cuando era agente viajero; no hay un pueblo del Bajío que no me conozca como la palma de la mano. Ahora me toca descansar en casa. Tenía una piedra en el hígado pero tu abuelita sabe de yerbas y eso ya se alivió solito. De todos modos, tengo que tomar unas píldoras para la presión alta después de cada comida. Ya ves lo coloradote que he sido siempre. Mala seña, de presión alta. Pero ahora hasta el pelo se me ha ido apagando; de rojo que era se ha vuelto gris. El dentista me vio y anda queriendo convencerme de que de plano me ponga toda la dentadura nueva. ¿Tú qué crees? Algunos amigos lo han hecho y al principio se ven muy raros. Luego no, uno se acostumbra a todo. Como siempre, tu abuelita tiene tu cuarto listo, igual que como lo dejaste. A veces alguien se acerca a hacerme proposiciones de que les venda la casa, pero tú sabes que eso nunca lo haré. Son demasiados recuerdos, buenos y malos, pero de todos modos mis recuerdos. Y mi mamá no sé qué sentiría de salir de aquí. Cuando ella se muera, puede que cambie de opinión. Si no te hubiéramos perdido, todo hubiera sido distinto. Las leyes no tienen nada que ver con la realidad, hijo. Si yo fuera juez, primero averiguaría la verdad de cada caso y me dejaría guiar por mi sentido de rectitud y por mis sentimientos humanos. Otro gallo nos cantara. Pero así son las cosas; ni modo. Esa lucha me dejó muy cansado. No he vuelto a ser el mismo, el que tú conociste. Siento uno como desgano y sólo la esperanza de verte algún día me mantiene la ilusión. Te digo lo de siempre, de hombre a hombre, aquí está tu casa, el día que te canses o sientas la necesidad de cambiar de aires. Hay muchachas muy bonitas que se mueren por conocerte. No te estoy pidiendo nada; tú sabrás cuándo nos necesites y entonces no dudes ni vayas a creer que nosotros somos gentes de rencor. Puede que te guste volver a ver a tus viejos compañeros de colegio, con los que jugabas futbol de niño. Todos han salido bien, gente de orden que da gusto, Ortega y Yáñez por ejemplo. Yo sé que tú tienes un buen fondo y si alguna vez fui severo fue por tu bien y quizá te haya servido de algo. Recuerda que aquí están tus raíces y que una vez en la vida hay que regresar a ellas. Es como la savia del tronco, tú me entiendes. Puede que ganes algo. Por lo menos, la fuerza de enfrentarte a cosas que de todos modos son parte de tu vida."

No; entre las cuentas está la carta de Bela. La confundí; viene en un sobre corriente, blanco, grueso, manchado de huellas digitales y sin indicación de remitente.

"Tú no entendiste nada, nada, nada, creíste que quería quitarte algo, beato tú que no entiendes nada, yo quería darte algo a ti, a ti, a ti, tú no me entendiste tonto, tú eres una amenaza asquerosa, te lo digo yo, tú eres estúpido y monstruoso porque ya no tienes nada que ver con la vida, tú ya no puedes darle tu atención a todo lo que somos los demás, los hombres y las mujeres que no entramos en tu horrible juego solitario, tú eres tan orgulloso como tonto, tú no me mereces, tú no, te lo digo yo, tú no mereces que yo te dé mis besos y mi cuerpo y mi alegría toda para ti, por ti hubiera hecho cualquier cosa esa noche, no tenías más que pedírmela, yo te la hubiera dado, tú me engañaste, tú me hiciste creer esa tarde que dos gentes podían vivir unidas sin sacrificar su propia fantasía, tú me hiciste creer que podíamos estar juntos sin confundirnos, cada uno separado y completo pero los dos unidos, tú me preparaste y me abriste y me humedeciste para nada, tú eres un monstruo, te lo digo yo, tú no tienes nada que hacer aquí, tú eres como unas palabras bonitas que no sirven para nada, tú eres una horrible noche llena de luz o un horrible día lleno de oscuridad, tú me seguirás amenazando mientras yo viva y me obligues a pensar que puedo volver a encontrarte, con otra cara, disfrazado, listo a impedirme mi hermoso contacto con todo lo que existe en la realidad, mi taza de café y mis pastores de la Ciociara y mis cantos bajo la regadera, tú no eres la lata o la obsesión o la irritación, tú eres el crimen estúpido, tú eres el crimen que no mata, tú eres una tortura y yo estaba abierta para ti, para ti, para ti, yo no soy un espejo, yo no sé contemplarme en los espejos, en los espejos no vive nadie, yo sé estar abrazada y quieta y temblorosa en los brazos de un hombre, yo sé acariciar y esperar y sonreír y agradecer, yo estoy llena de verbos, no tengo nombres o ideas duras, tengo sentidos, eran para ti, para ti, a ti te hubiera seguido en tus mentiras, a ti, si no fueras tan tonto, si tú supieras que hay mentiras que te acercan a la verdad, tú no, tú no, sólo quieres las mentiras que te alejen, yo no te entiendo, sólo te deseo, tú no me mereces y yo te sigo deseando, a ti, a ti, antes de que sea muy tarde, antes de que inventes algo que nos separe para siempre, algo más de lo que tú ya has hecho, te prefiero así, ahora, cuando sólo empiezas a hacerme sufrir y no después, cuando seas peor que ahora, cuando no puedas darme ni siquiera sufrimiento, yo no sé por qué te escribo esto, sí, sí lo sé, hay algo peor que tú, en esta casa, yo te prefiero a ti porque sé lo que eres, no algo que también me amenaza en esta casa, con tu madre, tú no me mereces, tú me has humillado y ahora debes salvarme, tú debes salvarme aceptando lo que yo pueda darte, antes de que yo pueda creer que tú y tu madre están de acuerdo en todo esto..."

Estoy bebiendo un campari-soda, tranquilamente, en el bar del Hotel María Isabel. Digo "tranquilamente" porque el estrépito de ese conjunto de guitarristas es tan grande que se anula a sí mismo, se abstrae y me permite sentarme aquí, solo, con un vaso en la mano y una botana de tacos de guacamole en la mesa. Sólo hay soledad en estos lugares, no en mi hermosa gruta, no en mi bello receptáculo de todas las compañías que deseo. Así quiero sentirme, lánguido y alejado, en medio de todos los espectros de esta ciudad, cerca de los siervos encumbrados que la habitan, a la mano de las mujeres feas y tontas y cursis y de los hombres ridículos, conquistadores, efusivos, chistosos, que vienen aquí a contarse amores repugnantes y negocios chuecos y juegos de palabras. Todos huelen a lavanda Yardley y acaban de estrenar el saco de tres botones y solapas angostas. Todos tienen las caras moradas y los bigotes espesos. Usan anteojos oscuros y anillos de plata. Sus trajes brillan como aeroplanos. Observan las uñas manicuradas de sus manos regordetas, se rascan las nalgas gordas. Bebo, enchufo, me inclino a escucharlos.

—Oyes Nacho ¿ya sabes de la vieja que quería ser como la Constitución para que la violaran a cada rato? Ah Chihuahua. Ahorita me acuerdo de otro y mientras túpanle que al fin yo disparo. Hombre, no faltaba más, si todavía no me estoy muriendo de hambre: hay con qué responder. Pues luego, vamos a ver quién aguanta más. Usted es muy hablador y a la hora de la hora... ¿Nos echamos unas vencidas? Le advierto que mi señora hace yoga y yo tomo lecciones de judo. Hay que defenderse ¿o qué no? A ver, llamen al negro de los alipuses. Pinche servicio. ¿Qué clase de burdel es éste? No, si luego vamos, pero primero hay que ponerse a tono, ¿no cree? Viera qué gordas. Sí de veras que usted ya ha estado. A cada rato me preguntan que cuándo vuelve. Mi viejo por aquí y mi viejo por allá. Hay con qué responder, ¿a poco no es cierto? Ah pero esta noche convido yo, ah eso sí. Nomás me recuerdan a la hora de la verdad y es como si echara cinco, ¿a poco no? Mugres viejas, para eso son buenas. El derecho de pernada, ¿qué tal? Entonces sí se sabía vivir. Ahora hasta hay que pedirles permiso y luego se quejan del favor, viejas desgraciadas. Ustedes dirán, pero todavía no se me escapa ninguna. Donde pongo el ojo pongo la bala. ¿Qué será lo tuyo, negro? ¡Sabor! ¿Que qué? N'hombre, pues que se arrime él, si al fin está solo ahí... ¿Que qué? ¡N'hombre! Pues si me la presentan, tampoco me la devuelven al corral. Ahí hay de donde cortar oreja y rabo. Ay mamacita. A esa viejota yo le hago el pase de portagayola... Psst. Pues que mire. Al fin es hijo de puta... ¿Qué nos mira, joven? ¿No le caemos en gracia?

ERINIAS

¿Encontraría a la Maga?

CORTÁZAR, *Rayuela*.

La sala de la planta baja se ha transfigurado. Hace una semana, durante el coctel, no pude verla o describirla. Era la misma casa de la Avenida Fundición. La misma. Ahora, mientras avanzo, me doy cuenta de que la sala existe para ser descrita, no vivida o dramatizada. Tú dirás: para ser consagrada descriptivamente. Tú dices siempre que el mundo externo debe vengarse de esa negación de años, de esa pretendida profundidad psicológica que se complace en negar la única realidad, la de las superficies.

Ahora te recuerdo porque me lo está reclamando esta luz blanca, la del contraste extremo. La sala parece fotografiada con película 4-X: luz blanca, de cal y hueso, de desierto y leche, que lo granula todo y persigue todas las aristas hasta expulsarlas de los contornos súbitamente envolventes. Un cuerpo de limón. Así tiene que ser el interior de un vientre materno: una placenta iluminada, como esta galería de la que huyen los detalles del decorado, disueltos por un polvo húmedo, por una reverberación solar de las figuras que se mantienen, contra la luz y gracias a ella, negras y recortadas. Fijas y dolientes: junto a los marcos de las puertas, en el umbral del jardín cegado, contra los vidrios corredizos. Sobre los muebles que son manos abiertas, copas eucarísticas, árboles de cuero y palisandra.

Dos cuadros únicos compiten entre sí y contra la bruma blanca. El de Fernando Botero siempre lo he comprendido. Es la Gioconda rosa y maligna, infan-

til y cachetona, indigesta, rolliza, atiborrada de cara-
melos inconfesables, frente al cuadro de José Luis
Cuevas: un Marqués de Sade que atiende, junto a la
chimenea que se apaga, las solicitudes secretas de su
familia. La esposa, bizca y polveada, teje unas mallas; los niños, con ropones bautismales y cofias, se
chupan los dedos; el paterfamilias contempla la escena beatíficamente, gnomo hidrocéfalo, ventrudo,
con ojos de avispa y perfil de gárgola: acecha el pot-
au-feu que el Rey Enrique legó a todos los franceses,
mientras sus ropajes clandestinos, la redingote verde
y el pantalón ocre, ajustados, crujen.

Esto lo dijiste tú, no yo que no entiendo estas cosas
sino gracias a ti y luego las repito como cotorra: Sade
preside en el cuadro de Cuevas todas las fórmulas de
la corrupción hogareña, un pollo en cada cazuela,
enriqueceos, el hombre ha nacido libre, regresemos a
la naturaleza, honra a tu padre y madre, paga el diez-
mo a la iglesia, obedece a tus gobernantes, da de
comer al hambriento, educa a tus hijos, acata las leyes, acepta el veredicto de los jueces, a cada quien lo
suyo y recuerda que el amor es una cosa maravillosa.
El Sade de Cuevas, ocre y verde y negro, resiste la
invasión de esa luz, pareja sólo porque no es habitual,
no llega a esta estancia con el signo evolutivo que
queremos concederle a todas las cosas vivas. Esta luz
no ha llegado a través de las capas de aire y fuego,
el combate de moléculas, los filtros de nube o los espejos de tierra que conocemos. Esta luz se refracta
desde un cuarzo incandescente, original y sin tactos
o visiones anteriores a él.

Increada, ilumina desde su propio centro el laberinto por donde avanzo, el salón de la casa de mi madre, desnudo y tan arbitrario como la supresión de
lo arbitrario que es su característica.

Cielo raso limpio, proyectado como una plaza vacía
de Chirico.

Muros de cemento crudo y piso de mosaico blanco.

Los muebles de Pedro Friedeberg: manos receptivas.

El volumen se disuelve en el espacio y los ángulos fluyen hacia la luz concreta, visceral, de yeso, corrosiva, ácida, espesa y trabajada por sí misma, autoesculpida hasta ese punto, daga y diamante, de brillantez suficiente para que ningún color o forma o gesto escape a su contraste. Todo se funde con ella, nada establece la armonía detestada, el significado previo, endurecido en la idea. La luz y las figuras solicitan la contemplación. Invitan de modo violento a la amplitud y al relajamiento sensoriales. Son la abertura por donde pueden penetrar el nuevo tacto, la nueva visión, el nuevo olfato, el sonido nuevo que es parte de la luz y que estalla en las bocinas con la melancolía de un reposo bienganado, la bella fatiga de un desgaste enérgico de todos los sentidos, en la voz de John Lennon.

You've got to hide your love away.

El lamento neoisabelino de flautas, guitarras eléctricas y panderetas.

Love will have a way.

El espíritu evanescente de ese apetito satisfecho, de muslo y cebolla, cerveza y encaje, vello y jabalí, uva y espada, regüeldo y esperma.

I need you.

Y tú, creo que llaman Vanessa, apoyada contra el turbio cristal del jardín, con los brazos abiertos y las palmas de las manos dejando sus huellas en ese vidrio húmedo de la mañana: Vanessa con la caperuza blanca y el traje de arlequín en cuero negro y las botas amarillas: frío juglar de rostro sin color, sin cejas, con los labios pintados de blanco y las largas medias iluminadas por rombos color naranja: ¿eres la primera o la última? Tu rigidez ya es una concesión, pero tú, la llamada Ute, con el mentón apoyado en las rodillas, recogida en esa butaca que es una mano potente, eres el óvalo de la virgen flamenca cuya larga cabellera de hambre oculta, detrás de las piernas levantadas y de los pantalones anchos, de campana, una posible semilla de oro, un feto transfigurado por los dedos de Midas que ha tocado tu casaca cuajada de pedrería, sin mangas: tus brazos desnudos, Ute, bronceados, ¿vienes del cielo profundo o desciendes del abismo, belleza? Tu piel asoleada está cerca de la piel azul de Paola, de pie, maquillada como la luna y disfrazada como la Dietrich original, la Galatea de siempre: sombrero de copa plateado, pijama de lamé en plata con ese doble escote que se detiene en el pubis y en el cóccix: inmóvil, te entregas al gesto de tu desnudez azul y hieres, como Lola-Lola, una belleza para duplicar la otra: moral y poesía ajenas al aislamiento de Hermione, en su pose de pesquisa: ella, natural, sin maquillaje, con la nariz respingada y las pecas, viste la levita del rey galante, el gorro del detective drogado, los knickers del esteta en prisión, todo en cuadros ecoceses, como la capa que Hermione agita en la noche del destripador, esta noche del juego mortal entre té y bizcochos. Te imagino, la llamada Hermione, matando al rey con sus propios palos de golf en los verdes campos de Erin, mesmerizando con un violín silencioso a los vecinos de Baker Street, obligando al oso poeta a quemar sus kilos en una perpetua carrera, aller-retour, de bicicletas tandem entre los palacios de Mayfair y las cárceles de Reading. Tú seras mi preferida, Hermione, si tus hábitos masculinos fuesen menos inocentes, si me precipitaran a un anfiteatro, una clínica o una ejecución; si, en fin, detrás de ti, mientras avanzo por la galería, no adivinara el perfil gótico de Kirsten, envuelta en gobelinos, con zapatillas de brocado enroscadas como el pie de un sultán, con el rojo sombrero cardenalicio de paja y el ícono del Profeta Elías dividiendo los pechos invisibles: Kirsten, mártir del norte, mito oral de los celtas, deseo mortal de las leyendas germánicas, secreta hereje de ojos azules que se convierten en nieve prisionera de tus fiordos de lápiz negro: las lenguas de brocado cubren tus orejas, Erasmo sensual, se amarran bajo tu barbilla, tempestuosa belleza del terror, y sólo Ifigenia, indígena de pómulos altos, morena y negroide, se atreve, en esta sierpe de maniquíes, a marcar el ritmo de la música para que el vestido, una enorme bufanda de tenis, verde, negra y blanca, se agite con un vaivén ceñido al cuerpo duro, totémico, que asoma en los brazos oscuros y se pierde en las botas blancas: sudorosa, olfateante, apasada, serás hermosa en el rincón secreto de su frialdad.

Voy entre ellas, mientras ellas me miran como lo que son: el coro siempre renovado que acompaña a Claudia en sus viajes y trabajos y reposos.

Queda sólo una. Me falta sólo una. La que me han ofrecido. La que temo. La que me tene. La que cree saber. La que debe saber y aceptar y perdonar para que jamás piense en vengarse. La que he querido desarmar dándole los nombres de la bondad en vez de los azotes de la cólera. Al fondo, al fondo de la gruta, detrás de la guardia fantástica de Vanessa el juglar y Ute la virgen y Hermione el polizonte y Kirsten la mártir y Paola el ángel e Ifigenia el tótem, debe estar esa humilde prisionera, la recén llegada, la que aún desconoce las galas y funciones de su cofradía, la que aún no empuña los flagelo o arrebata las comidas.

Bela, la italiana, que vuelve a imitar is líneas de ceja y labio, de cabellera y párpado, de mi madre. Sentada al fondo de la sala. Oculta por la siete velos de las siete vestales que comienzan a reír cuando yo me acerco a Bela, sencilla, con su vestido Mondrian de líneas rectas y cuadros de colores.

Las risas crecen detrás de mí.

Bela oculta, Bela vencida, Bela en brazos del galán que allí, sobre el largo sofá blanco, la acaricia y huele a lavanda. Lotario con su absurdo traje charolado. Buridán acaricia a Bela antes de ser arrojado dentro de un saco al Sena. Sansón que continúa sin un rostro identificable. Ahora menos. Ahora que es sólo un despojo.

Bela se deja besar por el galán pero me mira idiotamente. El coro de carcajadas asciende, asciende como los ladridos de mis perros cuando aumento el volumen del tocadiscos. Las seis mujeres disueltas por la luz blanca me dan la espalda, riendo. Todas indican hacia el jardín. Hacia la otra figura en la otra luz, que avanza hacia nosotros, hacia el coro de mujeres que ríe y tiembla de miedo y odio y placer. Hacia la pareja abrazada en presencia del mundo, expuesta y resignada: Bela y su compañero anónimo. Hacia mí, que soy de nuevo un reflejo torpe, un intruso.

Todos miramos hacia el jardín. Todos intentamos vencer la barrera de la niebla que nos separa. Todos creemos que la luz natural, la luz del sol que la ilumina, es una luz falsa y propia de ella.

Claudia se detiene muy lejos, riendo, en el jardín.

Mi madre, lejana, vence. Su hábito de muselina transparente, su busto bordado, su boa de plumas de avestruz, toda la espuma y la verde marea de su elegancia lejana, envejecen las ropas de las muchachas.

Todos miramos hacia el tríptico de Leonora Carrington en el muro al fondo del salón. Es un retablo llevado al altar que era su destino: un cementerio abierto, de nardos y sauces llorones, se extiende detrás de Claudia y no sé si el cementerio real es el jardín desde donde nos observa la verdadera Claudia, si la falsa Claudia del jardín es la verdadera Claudia del retablo, la Claudia de la piel negra y las alas de murciélago. No sé cuál de las dos es la cabeza del can famélico que conoce cuanto lo rodea: los hombres vivos que podrían ser, al filo de la navaja, leones y lobos.

Claudia desaparece, riendo.

(La espiaré por la cerradura y la veré espiando, envuelta en una capa de chapas de bronce, arrodillada, el objeto que está sobre la cama: el ratón negro dentro de un tubo de cristal. Cubierta de metal, Claudia escudriña al roedor: no es posible saber si ese tubo de cristal reúne aire o agua o el vacío. Claudia y el ratón se hipnotizan, ella cubierta de falsas monedas, el ratón paralizado por el elemento extraño: se contemplan y yo trato de escuchar los murmullos incantatorios de mi madre, yo, hincado fuera de su recámara, un penitente delante de su puerta cerrada, escuchándola murmurar que sí, que hay que contemplar mucho para cambiar a los demás: mirarlos, mirarlos, mirarlos, le murmura al ratón prisionero, arrodillada, le sonríe, le pregunta: "¿Quién eres", Claudia ríe y se levanta, las chapas de cobre chocan entre sí, campanadas leves, Claudia se pasea frente a los espejos pintados de negro, los espejos que han cesado de reflejar y el ratón araña la prisión de cristal, este aire materializado que le permite verlo todo y tocar nada, Claudia murmura, "Estoy harta de verme, harta, harta" y vuelve a hincarse frente al roedor contemplado, lo fija con los grandes ojos de un close-up sin espectadores, le murmura: "Pero no me he cansado de ser vista. Cuando me canse, cambiarás. Mira cómo miro. Mira cómo me miro. Mira cómo te miro." Los espejos negros la rodean. El rostro de Claudia se busca en un espejo pintado, ciego. La alfombra. No había visto la alfombra, cubierta de animales disecados, de aves muertas, pumas y halcones, monos y colibríes, cubierta de máscaras, máscaras de tigre y máscaras de zopilote: Claudia se coloca la máscara del águila, acaricia el cuerpo seco de un mono, invoca mientras se pasea, disfrazada, frente a los espejos sin luz, arrullando al mono de pelambre gomosa, invoca como yo, del otro lado de la puerta, lo hago, orando, frente a la cerradura, mi ojo quisiera contemplarse a sí mismo, como mi oído se escucha y mi tacto se tienta, quiero ser dos, tú y yo, cuando mi ojo se pueda contemplar, seré tú para ser yo, tú debes mirarme en mi nombre, tú serás la mirada de mi mirada, el nombre de mi protección.)

No sé si es el octavo o noveno Martini; hace rato que perdí la cuenta y todos los colores, las músicas, las telas, giran al mismo tiempo en una elusiva memoria del presente.

> My love said to me,
> A hero you'll be...

Todas han bailado y bailan. Bela, ahora o antes, se arrancó llorando de los brazos del galán que esta vez hace el ridículo bailando con Ifigenia. La negra o india o lo que sea lo ha envuelto en el gran foulard deportivo y el hombrecito sin rostro, con el que no he cruzado palabra, intenta, con torpeza, seguir los movimientos deslizantes de la muchacha: todo lo que en ella es un sentido natural, en él es un desgraciado remedo.

> ...if you bring me the rose
> Of loooove...

Todas están bailando y, poco a poco, han ido rodeando al galán. Todas salvo Hermione, que está sentada a mi lado, abanicándose el rostro con su gorra de cuadros escoceses.

Hermione es un remanso: me digo esto al aceptar uno de sus cigarrillos y rechazar el sentimiento de complicidad que no quiero reconocer: quizá Hermione no es como las otras. Me ha estado contando que en Dublin su familia se emborrachaba y luego todos —madre, padre, hijos— cantaban marchas del ejército republicano irlandés y recitaban baladas viejas.

Let Erin remember the days of old,
Ere her faithless sons betray'd her...

Llegó un momento en que sólo se comunicaban musicalmente: pedían el desayuno, saludaban, traían noticias del trabajo, cantando, como en *Les parapluies de Cherbourg.* Hermione se fatigó y encontró un trabajo en Londres con un fotógrafo de modas. Luego descubrió que podía valerse a sí misma.

—La famosa sensibilidad de nuestro tiempo es sólo la vieja realidad del narcisismo. Me concentré en ser el reflejo fiel.

La fotógrafa armada de un estanque negro y portátil. Una cámara dedicada exclusivamente a captar el instante de la nueva fauna, el baladista y el poeta beat, el sacerdote de la mota, los conjuntos de rock y los modelos masculinos. Sus álbumes de fotos, me dijo, eran sólo de hombres y de hombres forzosamente desnudos. Tórax. Melenas. Detalles.

—Tú sabes. Lo que enfurece al Establishment antes de que te den tu medalla del Imperio Británico.

Los efebos con medallas sobre el pecho. Gatitos lamiéndoles las tetillas. Pichones muertos sobre el vientre. Serpentinas saliendo del ombligo. Lagartijas durmiendo en las axilas.

—Éxito loco y eterno. Pero Claudia no se dejó, sabes.

—No, no sé.

—¿No encuentras que tiene algo muy masculino?

—Maledicente.

—Toma. Sécate.

De uno de los múltiples bolsillos eduardianos de Hermione salió el pañuelo y lo pasé por mis pantalones manchados.

—Ya perdí la cuenta.

—Déjame servirte otro... Eso fue lo que me fascinó.

Las cinco mujeres han cercado al galán: un círculo perfecto: abrazadas unas a otras: él en el centro. La presa. No sé qué hacen. Trato de seguir a Hermione.

—Tenía que fotografiarla. Sería la única mujer de mi colección. ¿Te imaginas la furia?

—¿Furia de quién?

—De todas las excluidas, querido. El más hermoso establo viril del Reino Unido y una sola mujer. Claudia. El toque final. ¿Quién es quién?

—Me extraña que no se haya dejado.

—Toma. Te voy a servir los martinis en biberón. Soy muy testaruda. La persigo como una Euménide. He andado por los techos de la casa. He introducido un miniobjetivo por la cerradura. Nada. Nunca la pesco desnuda. Se defiende como una leona.

—Ya veo; sabe que la dejarás en cuanto logres la foto.

—Es una miserable. Una vez, en el set, yo llevaba la cámara escondida en el portabustos. Claudia me injurió y me desnudó en frente de todos.

Hermione me arrebata la copa y la arroja al piso, gritando:

—¡Ya deja de emborracharte! ¡Ayúdame! ¡Yo no quiero lo que éstas andan buscando! ¡Yo quiero fotografiarla!

El galán ha caído de rodillas. Las cinco locas bailan alrededor de él, enfurecidas.

I need a witness, witness.

Y la luz ha perdido su encanto original. No puedo

inventar las palabras usuales de mi monólogo enervado frente a esa mirada de impotencia con que Hermione solicita una complicidad.

Esa mirada tan repugnante como el ambiente espeso de tabaco y sudor y ginebra regada que se ha apoderado de la sala. Un aire rancio nos envuelve y quiero levantarme a correr los vitrales y me doy cuenta de que ya se ha puesto el sol.

El espectáculo de las cinco danzarinas debía fascinarme, pero no le encuentro la gracia.

> Chicago City,
> that's what the sign on the freeway reads.

El galán hace tiempo que se quedó dormido en el suelo mientras ellas siguen bailoteando y sus prendas ya no poseen el garbo y el escándalo de las primeras horas.

> How does it feel
> To be on your own

Creo que es Kirstern la que se arranca el medallón bizantino y lo arroja a la cara del Lotario vencido.

—Vieja maldita —murmura Kirsten y me mira.

—Bruja —Vanessa se despoja de la caperuza y revela el cráneo rapado que ahora balancea mecánicamente, como un robot: como Brigitte Helm en *Metrópolis*.

—Hetaira inmunda —Paola traspasa con un puño el sombrero de copa.

Busco a tientas, en la oscuridad repentina y el vértigo de mis sentidos, la coctelera. Unas manos me confunden, empujan y hacen caer, en cuatro patas, a los pies de Hermione. Las respiraciones, los sudores, los perfumes gastados, me rodean, me encierran, me circulan: si pudiese ver, sabría que las seis vuelan sobre mí, las rapiegas; si pudiese sentir, que las seis me

manipulan: unen las cabezas en círculo sobre mí y
a lo lejos el galán ronca y se remueve y deja de ron-
car. Puedo escuchar; no identificar.

—Mercy, mercy.
—Tu madre.
—La golfa.
—La egoísta.
—La cruel.
—La hechicera.
—Cuéntanos.
—¿Qué sabes?
—Danos un arma.
—Satisfaction.
—¿No nos quieres?
—Te premiaremos.
—Te alimentaremos.
—Te azotaremos.
—Habla.
—¿No te reconoces?
—Escoge a una.
—A las seis.
—¿Por qué te permitió llegar hasta aquí?
—And I try, and I try.
—¿Por qué te entregó?
—¿Sabes a quién te entregó?
—Al terror y la astucia.
—A la furia y la rebelión.
—A la mentira y la blasfemia.
—A la venganza y la riña.
—A la intemperancia y el miedo.
—Al orgullo y la derrota.
—A los titanes y al Tártaro.
—Al aire y a la madre.
—La cochonne.
—The bloody bitch.
—La mignotta.
—¿Nunca la has oído gemir?
—¿Llorar?

—¿Pedir perdón?

—¿Sabes qué hace de noche?

—¿De día?

—¿Por qué te dejas humillar?

—Cuenta, cuenta...

—¿Qué sabes?

—Libéranos.

—I can't get no satisfaction...

—Está borracho.

—Son muchas horas.

Ciego ya, quiero estar sordo. Mis manos son sordas y me protegerán, como la oscuridad me veda las imágenes de las seis mujeres y sólo el olfato, traidor y perseguido, se niega a confabularse, huye entregándome la máscara escurrida, el lápiz embarrado, el perfume viejo, los pies descalzos, los cogotes húmedos, las cejas borradas, las cabelleras deshechas: por fin, ellas, cuerpos pintados de negro, cabezas de perro, alas de vampiro, ojos colorados, flagelos con puntas de cobre.

—Dinos.

—¿A quién va a expulsar?

—¿A quién va a sacrificar?

—¿A quién?

Me cubro el sexo con las dos manos, pero no importa; ellas me paran de cabeza, me abren las piernas en una Y, me meten la cabeza en la jarra del martini, me introducen flores por el ano, en medio de sus aullidos y cánticos y veo, invertida, la imagen del tríptico, los hombres expuestos en las copas de los árboles, picoteados por las aves y mi madre, otra vez joven y desnuda, recibe de un muchacho dorado, con talones de ave, una flor blanca con raíz negra. Cierro los ojos. Seré la pareja. La completaré. Formábamos una pareja. La primera pareja. Madre e hijo. Detrás de la pareja, desconsoladas, aúllan las mujeres con cabellera de serpiente.

(Subiré corriendo la escalera. Los aullidos vienen de lo alto. Ruth está frente a la puerta de la recámara de Claudia. Aparta los brazos y me impide el paso. Los aullidos son de cristal. Quiero entrar.

—No.

—¿Qué le sucede?

Ruth se encoge de hombros. —Ha dejado de fumar. Dijo que estaba aburrida de ver el mundo a través de una cortina de humo y dejó de fumar.

—Pero ¿por qué aúlla? ¡Déjame entrar!

—No. Tiene que gritar. Fumaba tres cajetillas diarias. El organismo reclama su veneno.

Su larga mirada sin freno desmiente la explicación: —Pero el peligro es que dejas de fumar y te entra un hambre atroz. Ella es pura voluntad. No fuma, no come. Aúlla. Déjala. No seas tonto.

Detrás de la puerta, Claudia se arranca un collar de perlas: lo escucho, eso lo escucho, cómo ruedan, cómo chocan entre sí esas gotas de la concha inmaculada, cómo grita Claudia detrás de la puerta, cómo cuenta una vida que no quiero conocer: te prefiero vacía, hueca, hoyo blanco en el centro, y no escuchar lo que dices, mamá, si ellas supieran, a ellas se lo dices, no a mí, ¿verdad?, que ellas sepan lo que cuentas a gritos, tus amores, tu ambición, tus humillaciones, de dónde saliste, a quiénes engañaste, qué ascos sentiste, qué frialdades calculaste, ellas cómo van a saber, ellas que aún quieren contemplarse sin saber que tú estás hastiada de verte en pantallas y revistas y diarios y anuncios de jabón y café instantáneo, ellas qué saben cuánto pagaste para no ser un objeto: cómo fuiste un objeto para dejar de serlo, para que nadie pudiera manosearte; cómo suplicaste para no tener que volver a suplicar; cómo te rebajaste para llegar al orgullo; hablas de cuartos fríos y joyas ardientes, hablas de hombres vulgares y cheques sin fondos, hablas, detrás de tu puerta condenada, aullando, sin saber que yo te escucho con la cabeza sobre el hombro de Ruth, te ríes de ti misma, rasgas viejas fotos de tu juventud, dices que no sabías vestirte, dices que tenías letra de cocinera y aprendiste, por pura voluntad, la letra del sagrado corazón, dices que nadie sabe cuánta maledicencia, cuánta calumnia soportaste, dices que te arrastraste pidiendo perdón a quienes no podían dártelo, te acusas de haberle regalado tu cólera a quienes no la merecían, dices que pudiste ser libre a fuerza de ser esclava, hablas de lejanía y distancia, ya ni me acuerdo, nunca lo platico, ¿sacar lo que duele al aire?, ¡nunca!, ahí deja de llamarse dolor, ¿quién quiere saber mi pasado?, quédense con las ganas, mientras yo no lo recuerde no existirá y si me han hecho sufrir no se los digo ni me verán metida en mi agujero lamiéndome las heridas, ¿quién no me ha ofrecido el cielo entero para no darme ni un cacho de nube?, y no me queda ni un solo rencorcito, y de nadie he hablado, pero sí les digo que no ha nacido un hombre al que no pueda despreciar, un solo macho de barro que no se me haya rajado: lo gritas, tú tienes un par de corbatas como ningún machito de pacotilla, ninguno, tú sólo eres igual a un hombre imaginado, el que sólo puede inventarse para soñarlo, tu pareja inexistente y yo abrazado al azar de Ruth frente a tu puerta, oyéndote, preguntándote, ¿qué sorpresa me falta?, sólo me quedan presentimientos, creí en tantos lugares que no eran míos, cuántas veces me quedé callada, cómo me he tragado palabras, cuáles no serían mis sorpresas, las sorpresas de saber lo que podía aguantar, las sorpresas de cuanta cosa había en mí y yo no conocía, ya ni me acuerdo, lo peor es lo que adivino por mi cuenta y riesgo, lo peor es que puedo cometer todos los pecados menos el de la soledad, todo menos eso, no la soledad, no la soledad frente a mi cara en el espejo, mi cara en la pantalla, mi cara en la revista, cualquier crimen, cualquier abandono, cualquier crueldad para no quedarme sola con el espejo: las perlas ruedan, las escucho, Claudia habla de hombres muertos, envejecidos, seducidos un día por ese espejo: tú eras ellos, mamá, ellos no eran ellos, toda la compasión afligida de tu cuerpo no pudo convencerlos de que ellos eran algo más que tu reflejo, cerraste las puertas, te retiraste, pintaste de negro los espejos de tu recámara: que nadie se mire más en ti. Y yo, que sólo pienso y vivo para recuperarte. Y yo. Vuelves a gritar. Lugares. Nombres. Hombres. Joya. Weekend. Concesión. Contrato. Insulto. Cheque. Capricho. Ruego. Automóvil. Suicidio. Pero no la soledad, no la soledad.

—¡Pero los gritos vienen de la azotea!

—Déjalos —Ruth me abraza para que yo no me mueva—. Es un ensayo.

—¿Quién está en la azotea?

—Te digo que están ensayando para la película.

Claudia gime vacía detrás de la puerta. Vacía, dice que quiere ser hueca, dice que sus manos no bastan para crear nada nuevo, dice que apenas alcanzan a sustituir algunas cosas por otras. Huelo los perfumes derramados. Huelo la crin de un caballo, quemada. Hay pasos en la azotea. Pasos que arrastran un cuerpo y lo tienden al sol. Lo ofrecen a los zopilotes. Los ratones corretean sobre mi cabeza.)

No sé si me despierta el golpe súbito del sol sobre los párpados o el rumor de las cortinas que ella aparta, violenta pero exactamente, para dejarlo entrar a esta sala en escombros que empiezo a distinguir mientras me friego los ojos. Aún no distingo la voz lejana de Claudia pero ya sé que, en los rincones de la sala, las seis muchachas yacen, lánguidas y vencidas, y que a ellas les habla mi madre, a la que aún no puedo ver: ella está lejos y su voz está más lejos que ella. Un murmullo tenaz y las protestas crudas y adormiladas.

—...y me van devolviendo los tacuches...

—No.

—"No" dijo el Diablo y ya ven a dónde lo mandaron.

—Me lo regalaste.

—Y como te lo regalo te lo quito.

—¿Qué ganas?

—Mi gusto y me sobra.

—Claudia, por favor.

—Déjala.

—Si no les gusta, se me largan. Están aquí porque quieren.

—Mentirosa. Te hacemos falta.

—A mí me hace falta respirar y saborear un mole de vez en cuando. Punto.

Paola se levanta lentamente. Los tirantes de lamé le cuelgan de la cintura, pero su torso desnudo no atrae sin el juego de escondrijos de los escotes perdidos. Y se lleva las manos a las sienes.

—Mañana tomo el avión de regreso.

—Con suerte, llegas sana y salva, pobre muñeca. Más vale que te mueras a tiempo.

—No te preocupes. Llegaré bien. Saldré de este infierno tuyo y regresaré a lo que me corresponde, a mi casa en Milán, donde me tratan como a una reina, no como aquí, no...

—Si te aburrías como una tortuga en cuaresma. Conchuda. Más te valdría estrellarte, te digo. Tu lugar está en el cielo, inocente.

—Claudia...

—Te estoy corriendo a ti, ¿no te enteras? ¿Quieres que lo publique en la Gaceta de Álamos?

—Mejor sola... —tartamudea Paola.

—¿Sola? Trata de pasarte de cómplices, muñeca. Serás divina, cómoda, bella, inviolable... y de todas maneras acabarás de rodillas pidiéndole a alguien que te acompañe. ¿Qué se creen?

Las demás levantan poco a poco las cabezas, las cabecitas despeinadas y alegres, mirando a Claudia, como yo, que por fin la veo, de pie entre nuestras ruinas, Claudia increíble. Es un nuevo día, y el tiempo, que tanto nos ha manchado a los demás —¿qué día es, por favor?— no la ha tocado a ella, brillante y fría, vestida de azul, sin mangas —"la mujer y su ropa, una totalidad indivisible"—: el vestido de hilos de plata se reúne en un gran nudo sobre el pecho, un moño enorme que recoge los brillos de la carne de mamá y los del sol en el jardín: plata y azul, Claudia con el pelo suelto y bien peinado y el cintillo que lo reúne como una ola en fotofija.

Las jóvenes ruinas se van incorporando, adoloridas por la noche y el suelo y los divanes. Hermione con la cachucha hundida hasta las orejas. Ute con los pantalones de campanas caídos y arrugados. Kirsten, la pordiosera, con la tela de gobelinos echada sobre los hombros. Ifigenia friolenta y legañosa: los ojos amarillos de los negros.

—¿No me das las gracias? —le grita Claudia a Paola—. Te estoy soltando. Puedes salir del bote. ¡A la reja con todo y chivas!

Y las demás se miran entre sí y Paola con las lágrimas en los ojos. No lo tolero y sin embargo sigo allí, en un rincón disuelto de esta sala sin aristas. Claudia no se dirige a mí.

—Por favor —Paola cuelga la cabeza y se frota los brazos.

—¿Qué te pesa tanto, pues? Regresa con tu gentecita y emborúcate sola. —Mi madre cruza los suyos.

—No me van a aceptar. Rompí con todo para seguirte. Dicen que estoy deshonrada... eso dicen.

La carcajada de Claudia: —La honradez y el amor nunca se han llevado. Donde te ofrecen moralina, allí encuentras odio. Ni modo. Ya sabes que si acepto a una otra tiene que salir. Bastante lata me dan.

—¡Déjala quedarse! —Hermione contesta la carcajada.

Claudia arquea la ceja: —Nadie se queda más que yo. Ustedes pasan. Yo duro.

Ah, la ceja. Como en las películas. Qué risa. Si se diera cuenta de que me estoy riendo. Y de que, en seguida, dejo de reírme. De que no puedo burlarme de ella. Ella fija, elegante, fresca, con los brazos cruzados y la ceja arqueada.

—Lo pensaré, escuincla. Luces demasiado bien mis modelitos del año pasado. Pero si tú no te sacrificas, otra de ustedes se me va. Más de cinco a un tiempo me dan en los nervios. Y el postre no alcanza para más.

Hermione se encoje de hombros: —If that's the case...

—No, tú no —cascabelean los enormes aretes de Claudia—. Tú eres la única que no me hereda nada. Son las otras las que manosean mis cosas y creen que les pertenecen. Ah, pero cómo les gustan las sobras —ríe mi madre inmóvil—. Mis vestidos y mis hombres. Sigan hablando, tarugas, que al fin las palabras no matan. Y no pierdan esperanzas: les seguiré pasando todo lo usadito. Me gusta tener mi Lagunilla a la mano, nada más faltaba.

—Ya no eres joven —ríe, con un eructo, Ute; se adelanta y se detiene, mareada; las manos buscan el apoyo de una silla.

—Y tú, gringa cachorra, ahí estás debajo de la mesa como una perra, esperando a los veinte años que yo te aviente las migajas de mis pambazos de momia.

Claudia lo dice sin emoción, pero se acaricia el cuello y sonríe.

—Perdón —Ute cae sentada de un golpe—. Perdón, Claudia.

—Oye, ni que fuera el Santo Padre para andar repartiendo absoluciones. —Esas manos sobre las caderas, Claudia guerrillera—. Perdónate tú misma. Y anda enterándote que yo no le temo a la vejez. Le temo a desparramarme. Pero mientras haya voluntad... No, cachorras, ya me verán de ochenta, con mi gargantilla, toda vestida de negro y blandiendo un bastón con puño de oro para ahuyentar a los muchachos que digan "es ella, es ella" cuando me vean pasar más erguida que un general prusiano. Ni les cuento.

Nos da la espalda, mira al jardín y vuelve a cruzarse de brazos. Te delatas, Claudia; ese taconeo impaciente.

—No. Ninguna tiene que irse.

Ríe y se acaricia el pelo. Tics, Claudia. Te estoy observando.

—Bueno, se irán yendo por su cuenta, como las anteriores. Cuando se casen o se mueran. Que nadie diga que no soy una buena madre.

No nos mires, Gorgona, no nos quites la vida sin matarnos antes, no nos des la muerte inmóvil de tu mirada.

—No hace falta. Estamos completitas. Bela se va a ir.

Todas se miran entre sí, humilladas y satisfechas. Les cuelgan las ropas impuestas como talismanes. Como una nueva piel de cerdo. Claudia gira sobre los talones y nos da la cara: a todos y a nadie.

—Sigan dándose la gran vida. ¿Dónde está ese tonto?

Ellas se miran entre sí; alguna —no quiero recordarla más— se atreve a mirarme a mí.

—No sé —gruñe Ifigenia—. Estaba dormido en el suelo. Se ha de haber marchado.

Cierra los ojos, mamá. No preguntes por mí. Yo he venido, ¿no te basta? Yo he sido tu testigo y jamás te delataré. Yo soy invisible, como tú quieres. ¿Crees que soy tan débil? No, tú sabes de lo que soy capaz.

—¿Alguien más lo quiere? Esta vez no se los impongo. Con una bastó. ¿No? Entonces no lo vuelvan a tocar. Que nadie le hable. El viernes viajamos.

Supe que estaban allí. No sé si fue el olor lo que los reveló. Seguramente lo invento, trato de culpar al olor de algo que es responsabilidad de otro sentido que temo reconocer y aceptar. Chejov dice que al morir dejan de funcionar cinco de nuestros sentidos y empiezan a vivir otros noventa y cinco. Y uno de ellos me dice que no estoy solo en mi recámara. Que otras presencias husmean y palpitan en la oscuridad, alrededor de la cama, entre las cortinas: sólo un aura. Pero es olor de sangre seca y metálica. De cicatrices que no se cierran. De pelambre húmeda y erizada. De anos rojos. De patas negras.

No me muevo. No intento sacar la mano de su cálido escondite entre mis piernas, el brazo de su protección bajo los cobertores, para encender la lámpara de noche, la lámpara de emplomados violeta y azul que está junto a la cabecera: imagino los libros de la misma cabecera, los libros inevitables, *Les Caves du Vatican, À Rebours, The Picture of Dorian Gray, The Quest for Corvo, Cardinal Pirelli,* como si su propia existencia ficticia pudiese disipar la de la otra ficción, inmediata: mediatizarla. Es inútil. No lo intento sin antes imaginar el espasmo rítmico de los hígados y los intestinos y los corazones que acompañan el latir de los míos. Imagino, y no puedo, la recámara llena de sol, antes de que estas tinieblas permanentes, apenas rotas por los ruidos, jamás por otra luz, la dominaran.

La aguja, lejanísima, raspa sobre la etiqueta del disco. ¿Olvidé apagar el aparato? Eso es todo. No. No olvidé. Olvidé cerrar la ventana de la sala: ¿el proyector, sin película, ronronea y hace girar los carretes y se contempla a sí mismo en un cuadro de luz blanca y vacía? El agua del excusado; la flama del gas; la energía del refrigerador; ¿un telegrama deslizado bajo la puerta?; ronca la cocinera que de noche, lo sé, lo condono, admite a su amante, ¿rechina el catre de ese cuarto desnudo?; y cuando alargo las manos, una debajo de la cama para encontrar las pantuflas, la otra hacia el buró para encontrar un cigarrillo, no para encender la luz, lo juro, toco junto a la cama y debajo de ella la carne húmeda, los belfos espumosos. Debajo de la cama: agua y pañuelos, cartones húmedos. No te escondas, escuincle; ya vienen los robachicos.

Los huelo, los siento. Todos están allí, convocados por la soledad, enviados a guardarme y amenazarme con su gruñir bajo, que roza la tierra, la tierra de tapetes persas y parquet y azulejos y husmea entre los escondrijos de mis muebles y mi carne.

Enciende la luz. No sueño. No me engaño. Jamás. Todo es cierto.

Los dejé morir, perderse, huir, destruirse.

Cerré la puerta del excusado. Lavatory: y'abbatoir.

Les negué la comida y por primera vez regañé a Gudelia cuando la sorprendí dándoles huesos. Ella lloraba.

Los vi regresar heridos de las correrías nocturnas y permití que las heridas de otros colmillos y otras garras se infestaran.

Soporté la sarna y el moquillo y casi la rabia, casi la rabia...

Aumenté el volumen del tocadiscos hasta enloquecerlos con sus propios ladridos.

Los solté a media calle, los arrojé del automóvil al tráfico, a las ruedas y a los frenos y allí siguieron, días enteros, despanzurrados.

Fui su cirujano. Amputé sus colas y sus patas y los dejé desangrarse.

Sólo me queda un perro, Faraón, sumiso y fiel y

solitario. No me reprocha nada. El terror lo ha domesticado, fiel y cariñoso Faraón. Lo mimo y atiendo. Es hermoso su collar rojo, tachonado con puntas de bronce. Largo, cansado, con su costillar bien marcado, sabe acompañarme.

Quedo con él al apagar el proyector y, sin encender las luces de la sala, me acerco a la ventana abierta de mi séptimo piso y me asomo a la noche de México.

Hay una brisa, hace un poco de frío.

Los automóviles suben a San Ángel y Coyoacán, los taxis bajan vacíos al centro. Un sombrero de charro y un laso saltarín anuncian, con gas neón, el cabaret; un gallo de colores el restaurant. Si hubo niños durante el día, ahora duermen; esos pobrecitos que tratan de vender el último ejemplar de la *Extra* no han de ser niños, pero son la única vida de la calle, con las cabezas mal rapadas y los pies negros, descalzos, con una costra rosácea.

El rumor de los árboles: sus copas, desde aquí, se ven agitadas en masas negras. Más allá, la capa de la luz reflejada en las calles y las ventanas. Las cenizas quietas de los volcanes. La oscuridad.

Las cortinas me envuelven, detenido junto a la ventana. Me esconden, como el manto del monje, me protegen.

LAS GOLONDRINAS

...the party was over.

FITZGERALD, *The Great Gastby*

La fusilata de fogonazos, el pelotón de fotógrafos, la fila tupida de cámaras me ciegan y yo estoy lejos, tratando de abrirme paso, mientras Ruth desciende del primer vehículo y da órdenes a los cargadores y del cofre y el toldo y el interior del auto salen las veintitantas piezas, todas de cuero azul, las sombrereras, las alhajeras, las fundas de plástico y seda, el nécessaire y la manta de visón para el vuelo nocturno sobre el Atlántico. La alhajera queda en manos de Ruth; también las carpetas de nylon con los pasaportes, boletos, cheques de viajero, certificados de vacuna...

Claudia desciende del Mercedes vestida con el abrigo de gabardina verde forrado de armiño y el pelo trenzado con el turbante verde y oro. Posa apoyada contra la puerta del automóvil y entra al largo túnel del aeropuerto, seguida por la jauría, a paso lento unas veces, otras veloz, jugando con la respiración de los periodistas, con la ilegibilidad de los garabatos apuntados en las libretas: yo me dejo llevar y me dejo traer, a veces cerca, a veces lejos de ella, de Claudia que manipula los anteojos oscuros mientras avanza. Ruth ha quedado atrás, atendiendo al equipaje y los trámites...

—¿Qué se siente ser estrella?

—Es algo que se quema en silencio, pero que se quema despacio.

—¿Es cierto que va a tomar clases de dicción?

139

—Los diamantes no son cotorras, señor.

—¿Qué moda prefiere?

—La que sólo mi espejo ha visto.

—¿Prefiere a los hombres o a las mujeres como amistades?

—A las mujeres, si todos los hombres fueran como usted.

—¿Qué tipo de hombre prefiere?

—Al que olvido más rápido.

—¿Qué es el placer?

—La manera de aceptar las cosas.

—¿Tiene muchos enemigos?

—Toda la gente que me debe un favor.

—¿Y muchos amigos?

—Toda la gente que todavía espera un favor de mí.

—¿Qué se siente ser madre?

—Tener lo que a usted le falta.

—De no haber sido Claudia Nervo, ¿qué le hubiera gustado ser?

—Una admiradora de Claudia Nervo.

—¿Qué es una buena película?

—La que el espectador cree haber soñado cuando sale del cine.

—¿Qué opina del público?

—Que va a durar más que yo.

—El tiempo, Claudia, el tiempo...

—Hay que dejar que nos enfríe pero no que nos endurezca.

—¿Le gustaría volver a tener quince años?

—Sí, para perder otra vez la inocencia.

—¿Qué edad declara en su pasaporte?

—Señor: ¿tengo aire de necesitar pasaporte?

—¿Ha destruido a muchos hombres?

—Todas mis medallas las he ganado en defensa propia.

—¿Qué opina de los hombres mexicanos?

—Se aman demasiado a sí mismos.

—¿Y los hombres norteamericanos?

—Aman demasiado a sus mamás.

—¿Y los italianos?

—Se sienten sultanes, pero en mi harén mando yo.

—¿Cree en la sinceridad?

—Es la forma menos obvia de la hipocresía.

—¿Cuál ha sido su error más grave?

—Todavía no lo cometo. Sería contestar su pregunta.

—¿Nunca ha pensado en el suicidio?

—¿Yo? ¿Y luego cómo me entero de los comentarios?

—Anda, Claudita, dinos tu edad.

—Un día más que ayer, igual que tú, virgencita chora.

—¿Qué usa para conservar su belleza?

—Zacate y piedra pómez.

—¿Nos va a extrañar?

—Como México no hay dos.

—¿Qué opina de Fellini?

—Divino, divino, divino.

—¿Le gustó que la dirigiera Buñuel?

—Los caracoles y las arañas me robaron cámara.

—¿No piensa retirarse?

—¿A dónde?

—¿Es usted muy rica?

—Cien millones de glóbulos rojos.

—¿Qué tanto lleva en sus petacas?

—La enciclopedia británica.

—¿Es cierto que ésta será su última película?

—¿Ya ven que sí? Pues no.

—¿Romance con el galán?

—Todavía no leo el script.

—¿Solicitará audiencia con el Papa en Roma?

—Ése es un chiste muy viejo. Es más bello el Calvario que la Cruz.

—¿Cuánto vale su vestuario?

—Un poco menos que la percha...

Cercano y lejano, empujado, abriéndome paso a codazos, la escucho decir estas cosas sin sentido, cosas capaces de intrigar a los periodistas, de proporcionarles copia, pero cosas, también, que de alguna manera dejen testimonio de su inmunidad a un halago que parece aceptar, un halago que rechaza, sonriente: la fama es agua arrojada sobre esa pira ardiente que no se puede consumir mientras ella no renuncie a algo que está más allá de la fama: la fama sigue siendo sólo un escalón hacia algo...

—Soy su hijo...

El guardia me deja pasar a la sala de los VIPs, solitaria, fresca y casi submarina en la luz verdosa que tamizan los vidrios ahumados.

Busco instintivamente un rincón de sombra, junto a una de las palmeras en maceta que adornan el lugar, temerosos, casi, de que alguien, al entrar, adivine, como los caballos, mi miedo nervioso.

Quizá no debí venir. Quizá debo regresar otro día a este mismo punto para entonar un monólogo triste y adormecido. No recuerdo, no, no podría recordar cuál de los dos, en este momento, debe sentirse ofendido; a cuál de los dos corresponde, en este momento, reiniciar la agresión o dar la primera muestra de cariño; no sé distinguir, esperándola aquí, entre el amor y el odio que ella y yo nos debemos, entre el rechazo y la aceptación que nos ligan como a dos hermanos siameses: no sé ya cuál debe infligir la herida y cuál besarla. Como un mal jugador de ajedrez, no sé si éste es mi turno. O cuál pieza mover.

Río distraídamente, mirando hacia afuera, hacia la planicie de cemento reverberante punteada de aviones en reposo. Un mundo grotesco, tan grotesco como la entrevista que acabo de presenciar, resolverá mi dilema sin pedirme permiso, sin respetar mis sentimientos...

—Cree todo lo que te cuenten —Claudia ríe a mis espaldas—. Yo misma me he encargado de darle vuelo a mi leyenda. ¿De qué me quejo?

La veo quitarse los guantes y arrojarlos sobre un

sofá. La miro de reojo, dándole la espalda, sin saber en qué punto reiniciar esta relación de estallidos tan sólidos entre ausencias tan prolongadas. He perdido el hilo.

Murmuro, en la sombra. —Me parece miserable, miserable...

—No te dejes impresionar, santito. Yo entiendo más de lo que tú imaginas. ¿No quieres una copa?

No quiero mirarla. He perdido la seguridad de la juventud, si es que alguna vez la tuve. —Ese pobre idiota, ese envaselinado insignificante. ¿Con eso creas tu leyenda?

—No todo son películas de festival. A veces se hacen churros. Lo importante es saber inaugurar las cosas con mucho bombo. Luego vives de eso un siglo.

Temo mirarla, como un borracho teme verse en el espejo al despertar. —Y ellas... Se conforman con lo primero...

—Te repito, tesoro. El primer acto fue tan sensacional, que a la hora del telón la representación sigue adelante, aunque la sala esté vacía. Escogí bien el escenario: París. Y el actor: Gombrowicz.

—Oh, no quiero oírte. Quisiera estar solo. Y no hay ningún actor famoso que se llame Gombrowicz.

—Actuaba en los conventos y en las fronteras. Era un jesuita polaco que andaba huyendo después de la guerra y por fin llegó a instalarse en París con los de su bando. Ya conoces a los jesuitas; estudiaste con ellos. Tienen que conocer el mundo para defender la fe. Salen desabrigados al viento y luego quieren que no les dé pulmonía.

Me tapo los oídos un instante, para no escuchar su risa.

—Gombrowicz resultó ser una bola de nieve en el infierno. O una orquídea en el polo norte. Como quieras. Me figuro que después de salir huyendo disfrazado de rielero se creyó que el verdadero disfraz era la sotana. Con la sotana sólo vivía; con el traje de rielero salvó la vida. O de repente, que ya había cumplido con la obligación de ser mártir.

Empiezo a girar, incrédulo, para asegurarme de que Claudia está allí y me cuenta estas cosas.

—Y yo, para no ser menos, me disfracé de China Poblana un doce de diciembre y fui a que me vieran todos los mexicanos en el altar de la Virgen de Guadalupe en Notre Dame. Ni quién se espantara; el altar ya está cubierto por un sarape de Saltillo.

—Tú, la China y la Virgen. La santísima trinidad con faldas.

—Ahí estaba el Padre Gombrowicz.

Ahora yo río.

—Telefonazos, antesalas, largas esperas en el vestíbulo del hotel. El cura enamorado.

—No, esta historia no la conoces y si me interrumpes, aquí nos despedimos. Yo no te pedí que vinieras.

—Perdón. Entonces, ¿tú lo sedujiste?

—Tampoco. Cuquita la mecanógrafa. Le salió lo indio ese doce de diciembre y decidió confesarse de sus pecados sobre el terreno. Le entró el santo y se hincó frente al padre. Yo me quedé con la niña del ojo vestida de amarillo. Ruth se nos volvió mocha, mocha, nadamás por puritita nostalgia. Si encuentra a un mariachi desorientado, ahí mismo se enamora de él. Ni modo: la Virgen seguía en el sayal, pero el cura estaba dispuesto a escuchar a nuestra Ruth. Primero en la iglesia, luego en los parques, hasta que el santo varón se nos instaló en la suite del Jorge V.

Allí está, contándome esta historia que no le solicito, esta historia que seguramente está inventando, que probablemente es cierta, esta historia cruda y neta como unos dibujos animados. Y sin embargo, ella misma, Claudia, la narradora, no representa físicamente lo que me está contando: ella es esta lejana catedral de encajes demolidos, este ascenso entrelazado de algo que sólo sé distinguir como dos arcos de un brillo fugaz, destinados a encontrarse, fatalmente, en alguna oscura corona de reuniones, allá, en el aire irrespirable de este valle. O en la cabina a presión del jet. Sí, quizá ya no está aquí, y por eso habla:

—Para entonces, Ruth había recuperado la normalidad. Ya no quiso verlo y eso sólo agitó más al padrecito.

Un paso, un paso solo, Claudia, y la ilusión se desvanece. Estás allí y tu gesto al encender el cigarrillo es duro y feo.

—Era yo la que me había acostumbrado al ir y venir de ese joven con la cara muy rasurada, adolorida y seria, y a escuchar el rumor de su sotana.

Los daiquirís helados están esperando sobre la mesa. Al tomar la copa, puedo volver a darle la espalda a mi madre.

—Yo llegaba rendida de filmar; me acostaba y oía las pisadas y el ruido de la sotana.

Y su mano ha tomado mi brazo. Antes de que me diera cuenta.

—Entonces me di cuenta de una cosa, Mito. Mejor dicho, me hice una pregunta.

Me obliga, con una fuerza insensible, a darle la cara.

—¿Quién me busca? ¿Tú nunca te has preguntado eso? ¿Nunca has sentido que alguien, sin que tú lo sepas, te busca...?

Y asciende toda esa fragancia vaga y dulce, de perfume y carmín, desde los labios y los pechos y el lóbulo de la oreja...

—Sí... Lo siento todo el tiempo. Y me domino, me retengo...

La separación es inmediata, ligera, previsible.

—Ahí es donde tú y yo no nos parecemos.

Pero si Claudia me da la espalda, su mano toma la mía y la aprieta. No quiero ver esto así, como una dirección de escena; no puedo evitarlo. Toda esta historia tiene algo de découpage.

—La cercanía del cura me hacía creer que moría, que estaba agonizando en la cama. Cura y muerte, como noche y luna. Y me negaba a morir sin haberme completado. Sentí miedo de morir y sobre todo miedo de morir de miedo, o de cansancio, de puro fastidio.

Apoya la cabeza en mi hombro y yo no sé mover mis manos, que aprietan la costra nevada de la copa.

—Estuve a punto de flaquear, santito. Quise llamar al cura para que me escuchara y me diera la absolución.

Ha cerrado los ojos.

—Me sentía nerviosa, fatigada; era mi primera película en Europa y allá no tenía el mismo prestigio que en México. Era como empezar de vuelta. El director no me daba mi lugar, yo hablaba mal el francés y venía de tercera en los créditos. Iba a dejarme vencer.

Es la primera vez que la siento más pequeña que yo; la primera vez que levanta el rostro para encontrar el mío y me ofrece la tentación de acariciar su barbilla y mantener fijas sus facciones...

—Iba a conformarme con la paz y la tranquilidad. Que entre el cura y vea eso, una muerte por miedo, fastidio y cansancio y me absuelva de esos mismos pecados. Y todos contentos. Ay, Mito. Reaccioné como pantera.

Coloco mi mano libre en la nuca de Claudia.

—Si me dan la absolución, me muero. Acepto que el cura es el cura y que su profesión es absolverme; y entonces acepto que yo quiero vivir y morir en paz.

Creo que voy a abrazarla. Pero no sé dónde poner la copa, cómo deshacerme de ella; busco a tientas esa mesa...

—Qué va. Las pisadas rechinantes y el rumor de la sotana, del otro lado de la puerta, tenían que ser algo más. Todo tiene que ser algo más de lo que parece, o la vida no tendría chiste.

Cómo pude creer que esa voz ronca tenía una ternura destinada a mí.

—Como lo oyes: pasión y santidad en vez de paz y tranquilidad. Ruth sólo lo había preparado. Quizá él creyó que lo llamaba Ruth, porque la recámara estaba a oscuras.

Lo supo antes que yo y ella misma se apartó de mí, se levantó otra vez por encima de mí. Describo objetos y movimientos. No tiene importancia. Las palabras que nos decimos no tienen nada que ver con nuestra presencia y nuestros movimientos.

—Se supo, ¿verdad?

Le ofrezco una copa y ella la rechaza con una agitación de la cabellera trenzada con el turbante.

—Tenía que saberse. Iba conmigo a todas partes, ensotanado. Al set, a las carreras, a Maxim's, a Deauville... Todo parece de otra época.

—Sí, es un cartel de Bonnard. Tous les soirs. France-Champagne. ¿Muchas fotografías, asombro y admiración, nueva actitud del director de la película, celebridad?

Lo dije con mi mejor rostro de dignidad agraviada. ¿A quién acuso de ser melodramático y grotesco? Sólo entonces le transferí una figura de dignidad triunfante a mi madre: ni tan lejos, ni tan cerca como la imaginé hace un momento.

—Duró poco, pero no bastó. El obispo le quitó la sotana y el pobre Gombrowicz dejó de tener chiste. Vestido de paisano, hasta la cara le cambió. El dolor se volvió pobre, débil y feo. Sin los tacuches de fraile, el secreto se volvió puro miedo.

—Y la pasión se volvió fastidio. Le pasaste lo que temías.

—De repente. Ya ves que yo no me siento a pensar. Todo lo que sé lo sé así. No sé. Sí, de repente sólo quería eso... La otra actriz de la película me pidió que se lo presentara, a ver si se repetía el golpe.

Yo administré el padrecito. Lo alojé en un cuarto del hotel, un cuarto más bien modesto...

—Muy fino detalle.

—...y primero la actriz, luego una chica de sociedad y luego una modelo, empezaron a llamarme para que los presentara al défroqué. Gombrowicz se convirtió en una como cédula de celebridad. Volvió a ponerse la sotana. Su segunda gloria fue sentirse un rebelde. Cuando me fui de París era sólo un provocador. Una caricatura de sí mismo. Pero las muchachas ya nunca me abandonaron, ni yo a ellas. A mi manera. Ya ves que no se trata de la ley del embudo. Más bien, yo les doy mucho más de lo que ellas me devuelven. Una corte para mí y la promesa de notoriedad, un cierto erotismo y la mejor ropa del mundo, para ellas; bueno, aunque la querencia y las pilchas sean de segunda mano.

—¿Y Gombrowicz?

—Tiene éxito con algunas gringas viejas. Les hace creer que de veras están en París. Les ofrece el vicio francés instantáneo. Mi película se estrenó y todos los espectadores sintieron que iban a estar presentes en una orgía religiosa. Como quien truena los dedos.

Tiene que tronarlos para que no dude de su presencia.

Bebo el daiquirí.

—¿Te acostaste con él?

—Andas tan despistado que ni ofendes, mi amor. Gombrowicz tuvo poder mientras sentí que me buscaba. Si me encuentra, ahí muere. Igual que los novios de las muchachas. Nadie me interesa cuando deja de buscarme. No, si yo también sé dominarme, como tú, pero poseyendo. Hay que saber tener las cosas sin gastarlas. Tú, santo, por temor a gastarlas ni siquiera las tienes.

Cuando ya no es el momento, entonces tengo que acercarme a ella, torpemente, sin saber cómo abrazarla, como un niño: —Quisiera comprenderte, mamá

Pero me basta que me hayas permitido acompañarte un rato.

—No nos vamos a ver en siete meses.

—Por eso, todo lo que me digas hoy será lo único que recordaré en todo ese tiempo...

—Oye, tesoro. Se me hace que a veces me tomas el pelo.

—¿Por qué?

—Porque nada más repites frases de mis películas. ¡Te las sabes de memoria! Eso que acabas de decir lo dije yo allá por el 45. Como si importara lo que me hacen decir en el cine.

—Eres una estrella.

—Oh, chole, Mito.

No sé si debo admitir una victoria o proclamar una derrota. Nos separamos otra vez, esta vez los dos a un tiempo: un tiempo visto mientras sucede, como si al llegar a una fiesta ya hubiéramos salido de ella y el intento de recuperarla fuese sólo un regreso amargo. Y Claudia dice, otra vez alejada:

—No, santo, nada de esto es gratuito, te lo juro.

Lo dice cuando ya no puedo recuperarla. Dice ahora lo que debió decir en mis brazos: —Todos necesitamos las famosas compensaciones, claro que sí... Todos tenemos que escoger... Bueno, haz de cuenta que ésta es todas las cartas que no te voy a escribir: Haz de cuenta.

Pero yo tengo —creo tener— mi última carta.

—"No sé si en verdad eres feliz. Pero considero que es mi obligación, como siempre en las fechas dedicadas al hogar, hacerte llegar mis parabienes y repetirte..."

—¿Qué es eso? ¿Qué lees?

—"...y repetirte que aquí tienes tu casa y la oportunidad..."

—¡Santo! ¡Déjame leer esa carta!

—"...de encarrilarte por el buen camino y recuperar la base moral que quise darte..."

—¡No! ¡Mito!

—"...tu padre que te quiere..."

—Santo, tú quieres matarme...

—Quiero romperla en pedacitos, ahora mismo...

—Hazlo, Mito... pero no me mates de la risa; tu padre el Colorado nunca sirvió para el chantaje; sólo para vender útiles escolares.

—"...y arrojarlos por la ventana..." Así. Ya no te rías.

El calor y el viento seco entran por la ventana. Nos detenemos, ella y yo, un instante, mientras todos los ruidos entran a este claustro submarino: los motores de los jets, las voces confusas de los altoparlantes. Claudia se pone los guantes.

—Haz tu voluntad, te digo. Pero ni creas que me siento apoyada por ti. Te lo digo de frente. Te encanta dramatizarlo todo.

—No. El cheque no pude romperlo, ya ves.

Ruth entra, nerviosa, al salón, con los pasaportes y los pases de abordaje, el alhajero y la manta de visón. Claudia afirma con la cabeza.

—Siento desilusionarte. Te quiero pero no te necesito.

Las puertas se abren sobre la pista. Claudia avanza. Corro a detenerla. Tomo su brazo y mi madre me sonríe:

—No creas nada de lo que te cuento. Es mi pura leyenda. ¿Tú crees que yo sé para qué nací? ¿Crees que estoy convencida de que fue sólo para esto que me ves hacer? Adiós, Mito. Nos veremos. Toca madera.

Sé que no debo cruzar el umbral. Ella sí, con Ruth detrás, vencida por las cargas; ella no: se pone las gafas oscuras, termina de ponerse los guantes, sale al sol, fuera del recinto, del espacio que se limita para consagrarnos y defendernos —templo, palacio, apartamento—, al público que agita los pañuelos detrás de los alambrados, al empleado de la compañía aérea que le ofrece un corsage de orquídeas, a la banda de mariachis que toca esa música triste que va acompañando la lejanía y la pérdida de Claudia, Claudia que sale a encontrar a Claudia, fuera de las zonas sagradas, entre los ruidos y el tumulto y las amenazas: saluda con una mano desde la escalerilla del avión y desaparece.

Y Ute y Vanessa, Ifigenia y Paola, Hermione y Kirsten corren por la pista, como marionetas movidas por los alambres de acero, cargadas de cámaras y fundas de plástico, sombrereras y botellas de tequila: Ute alza en vilo una piñata.

Dirijo la mirada al jet que comienza a temblar. Los motores crean todas esas capas de calor ondulante y transparente. Voy recorriendo con los ojos las ventanillas cegadas por el sol. Allí, detrás de una de ellas, ese rostro lejano se apoya sobre una mano y me mira. Bela y yo nos miramos por última vez. La aeromoza cierra la portezuela de ingreso. El avión gira sobre sí mismo y es demasiado tarde.

CINTA DE PLATA

> Fotografiar un rostro es fotografiar un alma.
>
> GODARD, *Le petit soldat.*

Faraón no se mueve de su lugar cuando me levanto del sillón para demostrar que esta historia debe culminar aquí, y saco del closet la pantalla enrollada, la extiendo y coloco en el tripié. Me hinco a escoger las latas. Aprieto un botón y el proyector aparece entre dos hileras de falsos libros con lomos dorados: una intrigante imitación de los encuadernados de Cobden-Sanderson. Coloco el rollo y castañeteo los dedos para que Faraón se acerque a mí. El perro obedece, se traslada con desgano y vuelve a acomodarse a mis pies. Apago las luces y hago correr la película.

La copia gastada parpadea y salta, al principio, pero luego Claudia cabalga por una llanura sudamericana y su rostro rígido, su máscara de juventud, recoge toda la luz y toda la sombra mientras espolea al caballo y allí están para siempre sus ojos líquidos y oscuros, los únicos ojos que a fuerza de oscuridad crean la luz, como si negar algo fuese la única manera de conquistarlo finalmente. Y sus labios llenos y crueles se tuercen en una mueca de odio y su sombrero andaluz cae por tierra cuando frena brutalmente al caballo. La cabellera de mi madre se alumbra, se agita y es una llama de hiedras y algas y serpientes; desde el caballo, azota con el fuete al pobre borracho que fue su amante y la escena se prolonga, se repite, porque yo tengo todo lo que se filmó, antes de los descartes y el corte, y este acto de violencia no es fingido, se prolonga mientras mi madre desmonta y añade la fuerza de sus botas a la golpiza y el borracho, de bruces sobre el polvo, levanta las manos y pide misericordia, no al cielo sino al director de la película, y entonces intervienen el asistente y los chicos del staff y la detienen, la fuerzan, le arrebatan el fuete y los ojos de Claudia están llenos de una cólera triste y los labios de espuma y la maquillista se acerca y le pasa algodones por las comisuras.

Salta la película con la cola amarilla que une·los clips y ahora mi madre, en otro drama, desciende las escaleras de mármol de una suite tropical, al salón donde el pobre actor, inconsciente, prepara unos jaiboles con la mirada perdida en el ancho mar y la inevitable luna. Claudia se detiene a verlo sin ser vista.

Ésta es su imagen.

Oh, sí, ésta es, sobre todas. Pues¿ qué significan su melena de Gorgona, sus labios que casi derraman sangre, sus grandes ojos de almendra cruel, el arco gótico de su ceja, el lunar de su pómulo, la blancura de un cuello en el que se adivinan las marcas secretas de la noche, la fiera majestad de los senos, placer y alimento, sino que la raíz de la crueldad es el deseo? Claudia avanza, escotada, vestida de blanco, arrastrando una piel de armiño (¡en el trópico, Dios mío!) hacia la consumación obvia del deseo en la destrucción. Avanza a querer, avanza deseando; pero sólo ella, y jamás nosotros, admite que cuanto es deseable es desesperadamente doloroso. Claudia sabe que el ser deseado debe pagar los momentos del deseo insatisfecho: el otro debe pagar el tiempo entre el deseo y la satisfacción —el único tiempo de nuestro verdadero dolor, que sólo es insatisfacción del deseo— aceptando la crueldad, el dolor comparable, una vez que ella lo conquista. Pero hay algo más, y esta imagen de Claudia en la cinta de plata lo confirma: conocida por su belleza, la Medusa exige ser reconocida por su horror.

Defensa magnífica, ahora que el actor la descubre

y le ofrece el vaso y ella lo bebe, mirándolo, mirándolo fijamente, embrujándolo, preparando lo que habrá de seguir al acto previsto de la satisfacción ya gastada en el gran estanque imaginario de Circe, que a todos los ha visto primero en la potencialidad, en el azar del cerdo, el asno y el león castrado. Antes de cumplirse el primer deseo, el segundo reclama su imperio, su contrasentido: la Bella se ofrece y reta al príncipe a descubrir a la Bestia, a la hermosura corrupta, al cadáver exquisito que se esconde en ella: al monstruo manchado y obsceno que, a su vez, contiene la segura resurrección de la Bella. Todo poder se invierte, y cuando Claudia besa al galán, ya sabemos que él nunca comprenderá. Que la vida de Claudia es un peregrinar sin fin que jamás encuentra la respuesta de un Luzbel capaz de entrar a su juego de espejos. Exilada, porque no hay acto de creación sin un hermoso ángel caído que refleje la belleza perdida de mi madre cuando ella se complete en la imagen de la muerte y asuma el horror probable, lo anuncie con ese temblor infernal, cuando ella recupere, gracias al reflejo, la máscara del candor y de la vida.

Lo entiendo viéndola recostada en ese diván satinado de nuestros años cuarentas, abriendo los brazos, Claudia, fuera de serie y fuera de época, Justine, Dragon Lady, Manta Religiosa, Bella Dame Sans Mercy, Pussy Galore, enorme labio de carne y vello y opacidades cristalinas y sales negras: has perdido la inocencia, mas no la naturaleza. Y porque lo sabes, nunca has pedido perdón. La caída te ha dejado intacta: has debido ser Yavé y Luzbel, Gaya y Euménide, porque nadie ha podido acompañarte ni en la creación ni en la pérdida de tu vida. Ésa es tu fuerza. Por eso no pueden juzgarte o condenarte, Claudia: eres tan completa y necesaria en tu infierno como en tu paraíso. Devóralo, devóralo, devora al maniquí de smoking blanco y bigote recortado y clavel en la solapa que se atreve a besarte sin entenderte, mamá, devóralo...

Acaricio con fuerza el cogote de Faraón hasta que la bestia lanza un rugido. Lo acaricio suavemente. La escena cambia. Claudia Nervo avanza por un extraño paisaje, de otro tiempo. Viste un hábito monacal y asciende las laderas de un castillo o de un monasterio. Las voces angelicales la acompañan. Claudia se detiene, conmovida. Un niño corre hacia ella desde la puerta de esa fortaleza, de ese espacio construido para salvarse del espacio y consagrar el espacio. Claudia se hinca y abre los brazos. El niño que escapa del templo o de la fortaleza llega al sitio desamparado de mi madre y la besa. Ella cierra los ojos y le acaricia el pelo, lo arrulla, lo protege para siempre, lo salva, sí, lo aparta para siempre del mundo y del peligro. No sé a dónde lo conducirá, ahora que ambos caminan tomados de la mano y dejan atrás el monasterio.

Dulce y linda y cercana, lloro.

Terrible y bella y lejana, siguen las disolvencias que mandé hacer. Claudia, tú eres la enamorada del general y por él abandonas tu hogar y caminas descalza hacia el crepúsculo con la tropa, hacia el fade out, bailarina oriental con el ombligo diamantino, envuelta en gasas y humo de hashish disuelto en los cielos de zopilotes que te contemplan muda y hierática entre las redes de los pescadores indígenas y tú eres, en mi montaje, la cantante de cabaret de un falso y humeante Macao, la soldadera de un campo de batalla de rocas acartonadas, la monja castrense de una Lima de utilería virreinal y la reina de la Belle Époque envuelta en plumas de avestruz; eres la joven increíblemente bella, muerta sobre un caballo, eres la madrota de un burdel de los veintes y la maestra de escuela en un pueblo perdido y triste, eres la princesa maya sentada a los pies de la pirámide del Tajín y tus rostros se suceden en mi pantalla y allí te tengo para siempre: ¿imaginaste, al ofrecerlos, que tus rostros serían para mí y no para los sacerdotes y coroneles y empresarios y caciques y virreyes y millonarios y espías y padres de familia que transitoriamente los besaron y acariciaron en mi nombre? La cámara no te robó tu rostro: lo conservó para mí, tu hijo, el robaestrellas.

Disuélvete, Claudia linda, Claudia de mi alma, disuélvete en todos los espejos de mi soledad. Yo soy, yo seré siempre, el ángel caído de tu creación. Yo filmaré para ti y para mí la escena que falta, la escena prohibida, la que de verdad nos quite el alma.

Aquí culmina mi historia. En esta soledad. Nadie debe seguir adelante. Prohibido el paso. Lo demás no quiero saberlo; nadie debe saberlo. Pero la soledad me dice que no estoy solo. Que hay algo más. Yo lo niego. Yo soy el narrador. Yo tengo el poder de vida y de muerte sobre este cuento. Me niego a continuar. Prohibo que se siga leyendo. Igual que en la pantalla, aquí se inscribe la palabra "Fin". Todo lo demás, no debe verse, no debe leerse, no hay provecho en ello; sólo hay el riesgo, el tedio y la confusión de los entreactos. Yo quiero permanecer aquí, el día que Claudia voló a Italia, viendo la antigua juventud de sus películas.

Miro y —no puedo evitarlo— pienso. Entre plano y plano, una certidumbre se instala: sólo sé que nada sabré. En algún momento —quisiera precisarlo— renuncié al conocimiento de mi madre. No quise admitir lo que sabía. Y es que, quizá, todo este tiempo he estado escribiendo un libro que jamás escribiré. Quiero decir: he estado viviendo mi vida como si fuese un libro. Y un libro no nos remite a un significado: un libro es. Un libro no se hace para que nos reconozcamos en él. Simplemente, es un libro, soberamente indiferente a nosotros. Pero si, además, mi vida es en cierta manera un espectáculo, entonces algunas miradas sabrán descubrir la absoluta similitud —acaso, la confusión— de lo que ven con lo que leen. Claudia pasa por la pantalla y no hay, para mí, diferencia entre el espacio y el pensamiento. Nunca sabré más. El misterio del mundo es lo visible.

SUERTES DE NAIPE

...fieles al antiguo temor...
BORGES, *La viuda Ching, pirata.*

No me explico cómo pude imaginarlo de otra manera. Es un pueblo italiano pobre y triste. Porque le han dicho que es alegre, que el Sur debe tomar la carta del Rey de Oros. Porque no conoce otras costumbres. Los gamberros en los billares mal iluminados y llenos de goteras. No conoce otros objetos. Los comercios de zapatos y panetones, cajas de chocolate y sombreros viejos, empolvados, pasados de moda. Y las cosas modernas llegan, contentan, resignan. Las familias se reúnen en los bares a ver la televisión. Afuera del cine, los carteles anuncian funciones dobles de los trabajos de Hércules y atracciones próximas: películas del lejano oeste made in Italy. El héroe, desnudo bajo su piel de león, armado con la Winchester, rodeado siempre de violencia y amor, palacios en llamas, riñas de cantina, tigres y caballos, mujeres idénticas, Barbarellas de Creta y Arizona. Un altoparlante, en la calle, bajo la lluvia, trasmite a la población indiferente los diálogos del film. Sono Ercole; nulla mi resiste. Y la estatua de la plaza, frente a la estación de ferrocarril, lo repite en el pedestal de ese aguerrido bronce: Nulla resiste ai beísaglieri. Estamos cortados por la mitad. El primer hombre, el verdadero, el todopoderoso, el que pudo concebirse a sí mismo, por fuerza debió ser andrógino, fecundarse, parir a su primer hijo. No hay otra realidad de la génesis. La gente camina pegada a las casas, bajo la lluvia. El edificio de apartamentos ha sido habitado: la ropa puesta a secar se moja, tendida entre las ventanas. He regresado.

Me empujas y entonces sí siento el terror. Ya no ése, fabricado, de mis perros y sus posibles agresiones. No: el terror físico de sentirme menos que un animal conocido y catalogado: el otro ser, nonato, de los laberintos originales: ciego porque no necesito ver, mudo porque no necesito hablar: oler y tocar: piel y garras, escamas frías, pabellones vibrantes, manos empalmadas, hocico de tapir, hormiguero; articulaciones nuevas, ritmo distinto: los del sapo o el camaleón, los necesarios para sobrevivir, escapar, ascender, saltar. El salto no sería grande; primero acerca el pecho al muro de ese canal seco y en seguida trato de elevarme. Tú me detienes. Tus manos vuelven a tocar mis hombros, a impedirme la fuga y la salud. Huelo y toco. El aire quemado. El alquitrán seco. La lubricación pulsante. Mis rodillas, raspadas cuando caí. Mis manos, débiles al arañar. La salud y la fuga: saltar de regreso al andén, correr afiebrado por los laberintos de mosaico, las escaleras de fierro, los túneles de correspondencias y salidas que se ofrecen y me tientan y yo casi enterrado en esta matriz de nervios espasmáticos: Porte de Clignancourt, Porte d'Orléans. Si pudiese escapar. Son los últimos trenes. Después, no habrá peligro. Regresaremos al hotel. Mañana me acompañarás a Orly. Hoy, tus brazos me impiden el movimiento de salvación; me abrazas y murmuras que no hay tiempo. Yo lo tengo para mirarte otra vez: la bufanda enrollada al cuello, el sudor de tu rostro en este subterráneo nocturno. No hay tiempo. No tienes reloj; tú no posees nada. Pero el de la estación nos advierte. Repites lo que dijiste un instante antes de empujarme hacia los rieles: un minuto exacto entre el tren que sale de la Cité y el que parte del Odéon. Un minuto exacto. Me rindo. Tus brazos y tu pecho sienten que me rindo y empiezo a caminar; me empujas: a correr; sólo un minuto entre los dos trenes. La saliva me llena la boca, desborda mis labios; no necesito ver, sólo correr a tu lado, entrar al túnel, pasar y olvidar las luces del ingreso y el aviso que vuelve a detenerme, sin que me atreva a sollozar. Peligro de muerte. Trabajos públicos. Giro de nuevo para ver la estación que abandonamos. St. Michel. Y el golpe de tu mano me arroja al suelo, entre los rieles brillantes de la boca del laberinto. ¿Quieres morir? Corre como alma, como diablo, como pena, Villadiego, adentro de la gruta, cada vez más adentro, hacia el centro de la tierra, urinaria, goteante, porosa, llena de placentas de piedra carbonizada y estalactitas eléctricas: evita los cables, los fusiles, las paredes: corre sin aliento, sin llanto, ciego, derramando tu saliva y tus mocos y tus meados: no toques, no mires lo que no debes, déjate guiar por el olfato, corriendo, dando traspiés en la oscuridad, entre los aceros fríos que deben guiarte, ahora, en el centro de la galería: no caigas, levántate, aráñame si quieres, pero no te detengas, ¡no hay tiempo! Quedarse para siempre en la matriz de la tierra es convertirse en oro: todo metal extraído pierde la suerte de serlo; el oro es un mineral que ha durado mucho tiempo; todas las vetas serían áureas si nadie las tocase, si las dejaran gestarse, durar, dueñas del tiempo del silencio. Sólo sé tragar; el aire es de metal, la saliva son mis vetas, el sudor el humo de mis galerías de olfato y temblor: tengo un cuerpo: el peligro me lo dice: uñas, cuando me las arrancan; ojos, cuando me los punzan; pene, cuando me lo cortan: un niño pequeño en la bañera. El peligro: las orejas de murciélago lo escuchan sin verlo o tocarlo. Ya lo decía; no importaba ser ciego y mutilado: oigo el pitazo, el pulso veloz a mis espaldas y mis piernas hinchadas, paralizadas por várices, oclusiones, gangrenas, embolias que desconocían: tu mano, tu brazo: no me dejes solo. Los trenes van a cruzarse.

A cruzarnos. Odéon. Ulises hizo un hermoso viaje. Visitez la Gréce. 700NF, tout compris.

Los seguiría. A cierta distancia. La carretera es muy ancha y puede seguirse de lejos a otro automóvil, sin perderlo de vista. El paisaje no me distraería de esa concentración. No leería los nombres de los pueblos. No me detendría en las estaciones de servicio. Esperaría a la salida de Orvieto, en mi auto rentado a la sucursal de Herz en Roma. Los imaginaría pagando al sacristán del Duomo para que les iluminara los frescos de la capilla. Todos esos hombres están de espaldas. Hay una sodomía impenetrable —tú lo dices— en los murales de la Creación y el Apocalipsis: todos dan la espalda al antiguo temor de morir y nacer, pero Signorelli convierte el miedo en sensualidad, igual que nosotros. Ámbar y azul, la luz de los dos actos es idéntica; el gestador solitario no requiere portentos o contrastes.

Los esperaría. Sé a dónde tienen que llegar. A dónde quiero llevarlos. ¿Hay otro lugar? Sólo este paisaje, que no querré mirar, cultivado y suave, alimentado, como los que aún deben nacer, por el viento que disemina las miriadas de las criaturas posibles a lo largo de los ríos mansos, a lo alto de los castillos en ruinas, a lo bajo de los valles brumosos, a lo enredado de las parras, puede ocultar su negación en este jardín donde ustedes deben detenerse.

El auto debe quedar estacionado frente a unos muros de lepra silvestre. Debe ascenderse por una colina, detrás de las rejas de fierro, y después descender al parque trazado como todos los jardines barrocos: una simetría aun más extravagante que las locuras arquitectónicas escondidas entre los laureles de la India.

Acecharán, como lo han hecho durante dos siglos y medio, a punto de saltar sobre sus presas. Los monstruos de piedra y mármol, los dragones y demonios del príncipe enloquecido que decidió dar cuerpo a sus pesadillas, los enormes elefantes de yeso, las moradas con máscara: deberán entrar por esa puerta que son las fauces del Súcubo, a ese claustro detrás de los ojos coléricos del Demiurgo: deberán temblar cuando me vean. No, no fue un loco, dice Leonor Fini: fue un Príncipe Orsini que puso a trabajar a sus prisioneros sarracenos.

Avanzo desde el fondo del jardín simétrico. Aplasto la grava. Me humedezco entre el césped alto. Soy gris, lejano, mimético, uno con el orden del jardín y el desorden de la escultura. He sido convocado, ojeroso, desde las copias amarillas de una película muda, desde fuera del marco seleccionado de la pintura. Traigo, como la simetría del jardín, la lógica del diagnóstico a la proliferación de la enfermedad. He llegado sin que ustedes lo sepan, sin que puedan defenderse, como el cáncer disfrazado de salud, que se instala sin resistencia en medio de las células benignas, aparentemente idéntico, insulso, inofensivo.

Deberán saber que deben rogarme, que yo soy dueño de este poder sobre ustedes: el poder de la intercesión.

En el mundo se puede ser de mil maneras. Se puede dejar de ser hombre y abrirse a un nuevo conocimiento. Conocer al hombre puede ser, dentro de muy poco tiempo, sólo una intención curiosa y envejecida. Las criaturas de Bomarzo, que aún no son nada, son, a pesar de todo, un anuncio, borroso, imperfecto, fatigado, de las otras realidades que nos esperan. Yo avanzo, queriendo ser un fantasma, vestido de negro, con un paraguas colgado del brazo.

Te mataría.

Te mataría para representar el primer asesinato. Te mataría si no me rogaras. Ella no puede ser tuya sin mi consentimiento. Todavía no. En nuestro mundo eso está prohibido. Debes pedirme ese favor para que yo te lo niegue, para que permanezcas suspendido en el filo de la pasión: te sería intolerable renunciar a ella, te sería imposible retenerla. Yo te puedo ayudar. Yo te la puedo ceder, si quiero. Tú debes hincarte a pedírmelo, a decirme que ella es mía y que yo debo cedértela.

Y ella debe besarme y rogarme, también, que me desprenda y me olvide de ti para que tú seas de ella.

Yo seré el juez. ¿Cómo creen que se paga el sufrimiento distante cuando al fin se tiene el amor a la mano? ¿No sabrán, ustedes, retener la semilla, devolverla al propio cuerpo, como hago yo? ¿No sabrán rechazar la satisfacción para que el amor jamás se agote, para que este temblor y este poder de la piel que siento aquí, frente a ustedes, en la cueva de las gárgolas de Bomarzo, sea eterno: temor y placer y deseo sin solución, sin encuentro, para siempre enamorado de su opuesto inalcanzable, voluntariamente alejado?

Los cipreses, el yeso húmedo, la tierra mojada, los cuerpos separados y tendidos el uno hacia el otro, sin tocarse nunca: ésta es la única epifanía que vamos a permitirnos los tres: los tres seremos perfectos, seremos madre, hermano, hijo, esposa, amante. Todos diremos No para decir Sí. Todos nos vedaremos y nos velaremos. Todo lo que nos acerca nos mata. Todo lo que nos separa nos hace vivir: el amor es distancia y separación.

¿No me entienden? ¿No me aceptan? Entonces tengo otras armas. Las de Caín. Las de Edipo. Convocaré los elementos. Con una mano atraeré sobre el jardín de los monstruos la tormenta, con la otra levantaré el polvo de su lecho; envuelto en el lodo y el agua los arrinconaré en el fondo de la boca abierta de ese Demonio barroco donde buscan el refugio, sin saber que yo he asumido los poderes del ángel caído, del doble de Dios.

Han viajado sin toldo, como un desafío más: a la lluvia, al viento, a la tierra. No bastan los afeites, las máscaras, el pancake. Están allí, de pie, con el orgullo del peligro en los rostros azotados; no saben que mi mano también es naturaleza y peligro: mi mano y mis palabras. Gemelos: los dos vestidos con las trincheras inglesas, de thriller barato bien ajustadas a la cintura.

Pero yo sólo arrancaré la pañoleta para que la cabellera lacia y húmeda caiga sobre los hombros. Ah, eres mi propia estatua: puedo deformarte y humillarte, como el loco diseñador del parque creyó deformar a los modelos vivos que convirtió en puro sueño de piedra. Puedo arrancarte las pestañas postizas para que tus ojos dejen de brillar y sean realmente los de una mujer de cincuenta años, opacos, recelosos, cansados, resentidos. Puedo borrar con la mano el falso color de tus labios delgados y secos como la boca de las alcancías de barro de nuestra pobre tierra que trabaja con su propio cuerpo, lo cuece y lo barniza y lo decora. Puedo meter mi mano entre tus pelos, junto a tu cogote, enmarañar tus serpientes teñidas; puedo rasgar el cintillo de tu cuello para que él vea bien tu barbilla floja, la grasa castigada del doble mentón, los nervios arrugados de tu cuello: puedo revelar las cicatrices de tus sienes, tu piel restirada como tambor funerario, la piel de guajolote de tus brazos, los papos morados de tus senos, las frituras blandas de tu vientre. Puedo sacudirme el perfume de los zorros. Puedo develarte. Puedo inaugurarte. Puedo mostrar tu alma última, la que no te han robado las cámaras, los fogonazos, los obturadores. Me abriré paso, minúsculo y terrible como soy, entre las arenas de tus desiertos, las lianas de tus selvas, los pétalos de tu carne: seré tu parásito, escondido en el fondo de tu vientre, anidaré en ti otra vez para embriagarte con mi dulce sudor. Serás mi sudario. Serás la alcoba de mi muerte.

Me rogarás. Me pedirás perdón. No habrá habido soledad o humillación, distancia, odio. Estaré otra vez, para siempre, dentro de ti: tú me lo prometerás esta tarde. Quisieras recuperarme. Eres la Llorona, la robachicos: vuelves a guardarme en ti, a concebirme en ti; soy tu semilla. Y conservado dentro de ti que ya no podrás negarme tu compañía, tu calor, tus atenciones, esperaremos: él vendrá también, el entrará y estará con nosotros. Los tres, siempre los tres, solos y reunidos para siempre.

Dilo. Ruégalo. Pídeme perdón.

Oblígame a callar: ¿puedes acostarte con tu propia madre, Giancarlo? Mírala: yo te la muestro: es mía. Es de todos. Tú no la conoces. La han besado el general y el sacerdote, el empresario y el cacique, el virrey y el millonario, el espía y el padre de familia. Tómala si quieres. Te digo que serás uno más: el joven amor que su otoño quiere devorar.

No me miren así.

Creo haber perdido los ojos y son ellos los ciegos; no me miran. Deben envolverme todos los decorados del palacio, deben disfrazarme porque soy parte de ellos y sólo así puedo verlo todo, yo que me he quedado sin ojos: yo soy los leones de stucco y las estatuas decapitadas, el jardín de higueras moribundas y geranios secos, el torrente y el campanile, las teteras y las bandejas, los espejos y las camas, las rampas y los corredores abovedados que me conducen, otra vez, a la sala condenada donde se desarrolla el acto final, donde todo se murmura, donde los gestos y las palabras más violentas se vuelven espectralmente ingrávidos y retenidos.

Me he convertido en decorado sin dejar de ser yo mismo: todo es decorado. Ilusión: el palacio desierto. Mentira: avanzo con pena por estos pasillos colmados de gente, escuadras de potentados, procesiones de mendigos: no hay más espacio en este lugar que conocí, solitario: out of bounds: las tropas han regresado, la explanada está llena de automóviles briosos, charolados corceles, jumentos de acero, percherones autobuses, yeguas limousine, potrillos deportivos: anuncio de esta multitud que se pasea, tensa, desenfadada, aburrida, por el cortile y las escaleras y las salas y los pasajes del palacio de Madonna dei Monti.

Todos los disfraces: se codean los mandarines y los faraones, las infanterías flamencas y las bandas de blue jeans; rozan los muslos las esclavas orientales y las cortesanas borbónicas; las espaldas, los gangsters de Chicago y los condottieri de Florencia; las mejillas, los eunucos de Arabia y los lores de Inglaterra. Bajo el sol repentino en el cortile, los mozos pasan bandejas con cocacola y ice cream soda, Dr. Pepper y Seven Up: las beben las coristas vestidas de satín y lentejuela blanca, los vaqueros de paño negro, como los hidalgos españoles que no apartan las manos de los pechos, propios o ajenos: los escotes y preñeces del Primer Imperio, el vuelo de gasas y espadines, de golas almidonadas y faldas de medio paso, de capas de pluma y saquillos de húsar. Una orquesta de negros empelucados, enlevitados, bien fajados, bien polveados, con zapatillas de moño y medias blancas, toca el pífano y el rabel, el laúd y el salterio y la mamazota gorda, la abuela cenicienta de los músicos, la del pelo de zanahoria, la de los labios de cuaresma, canta *Possitively, 34th. Street.* Un bandolero italiano, vestido como Marcello Mastroianni, me ofrece los hotdogs helados de su bandeja de latón. Lo empujo para avanzar, entre las rockettes con medias de aluminio que suben y bajan por las rampas de entrada, con los senos mutilados y los matamoscas en las manos, tarareando *Embraceable you.* En las salas siguen ofreciendo leches malteadas y bebidas gaseosas a los hombres en mangas de camisa, tapered shirts by Trippler's, New York y a las mujeres que teclean las máquinas eléctricas, silenciosas, de barniz prusia, con sus manos enguantadas y sus zafiros ensartados a los dedos gordos del guante y sus gorros de piel y sus pince-nez violetas. Los hombres de medias over the calf y pantalones de tergal discuten, extienden rollos de papel cubiertos de cifras, curvas, años; todos los muros han sido claveteados, cubiertos de diagramas y de fotos lustrosas, glossy, golosinas: modelos macilentas, modelos perturbadas, modelos sorprendidas, modelos que guardan el equilibrio al filo de una barda de conventillo, modelos que se paralizan sobre las arenas del Gobi, modelos que bailan frente al obelisco de Washington, modelos que se untan contra las paredes de Harlem, modelos sin labios, cejas, pestañas: modelos de ojo y boca puros, suspendidas, aplastadas, boquiabiertas, orgásmicas: Bert Stern. Los hombres se cruzan de brazos y dejan de hablar. El rubio, pequeñito, con anteojos de lechuza y fleco ralo, se ajusta el chaleco drip-dry e indica con una vara magisterial los productos colocados en fila sobre la mesa de picnic, de cemento disfrazado de madera; alaba la rosa laca para las uñas, la acero, la ticiano, la naranja china, la plata tentación, la dorada ensueño, los frascos de perfumes tornasolados, estriados, quebradizos, cortados, las polveras delgadas como hostias, cuadradas como pantallas, triangulares como el ojo divino, las motas de pluma de colibrí, de cola de pavo, de pétalo de orquídea, de membrana de avispa, de coño de abeja, los pinceles, los lápices de cacao azul y nieve de cochinilla, los desodorantes de gelatina y átomo, las cremas de esperma y polvo, de ceniza volcánica y mucosa infantil, de córnea leporina y fresa congelada, todas las pócimas de la belleza, los bebedizos, las retortas de plástico, y la voz cantarina del hombrecillo rubio y los estertores del pintor que describe parábolas con un bastón y el coro silencioso de las mujeres que teclean las máquinas.

El rumor es otro en los corredores oscuros; busco el salón, el verdadero, el único, a lo largo de los pasillos donde entonan salmos y plegarias, quejas y regüeldos, pedos y rebuznos, todos los homúnculos de chistera rota y bombín desteñido, de saco ceremonial y camiseta rayada, de colilla negra y culo desfondado, de caperuza cascabeleante y capuchón sin rostro; todas las mujerucas de piel agrietada y greñas de espárrago molido, ponzoñas uterinas y sobaco cebado, panza de bodegón y uñazas de barro; todos los niños con espolones y jibas, albinos de sol, tarados de boca abierta y ojos bulbosos, enanos que aún no lo saben, condenados para poder nacer, nalguitas de marrano y sexos de escorpión y báculo, crustáceos con pelos de maíz, ciegos entre cuero y carne: los saltarines secuestrados, los hijos de Caracafé y la Llorona, los de las bocas rajadas para reír en las carpas, los de los ojos punzados para llorar en las calles, los de los dedos mutilados para envolverlos en masa; hacen cabriolas en los corredores oscuros del palacio, gimen y aúllan sus musiquillas chamagosas, mocosas, escuinclas, chamacas, pedigüeñas y alabadas: La música del salón de billares, invadido esta vez por las sesenta, setenta, parejas que marcan el Big Beat sin mover los pies, hombros y brazos, otras plegarias, otros ensalmos, ruego de orgasmo, exorcismo de angustias: frente a frente, las cabelleras de potro y salamandra, los pantalones estrechos de los muchachos con camisas rayadas y tirantes de terciopelo, los pantalones de marinero antiguo de las muchachas con suéters de calidoscopio y tirantes de cuero negro: el baile perplejo de la separación, el baile sin tacto, el baile sin música: bailan al compás de las cancioncillas gruñidas, hambrientas, de los pequeños merolicos en los corredores. Giran todas las luces de las discotecas: piel de pantera.

Y detrás, la puerta condenada.

Los bailarines no me miran. Paso entre ellos, los fieles en la hora del Muezín, para abrir las puertas del salón de los frescos.

Todas las luces me ciegan.

Blancas, polares, de hielo, de Noche de San Juan:

la luz incandescente que la baña borra sus facciones. Es un cuerpo. Un cuerpo maravilloso, una estatua de metal. Su traje es de infinitas chapas de cobre oreado. Su rostro posee la blancura que la luz, zumbante como una serpiente chora, quiere darle: granos de luz que escogen en la melena, las cejas, los labios, los ojos, las pestañas, y funden el resto de la carne con el aire albino de este claustro sin pinturas, de este interior del huevo, encalado, cuyo centro ocupa ella, su cuerpo, su traje de cobre, su ruido de placas de metal que chocan entre sí.

Ella allí, en el centro del escenario y tú disfrazado, Murat, Rey de Nápoles, fuste y botas, casaca napoleónica, brocados de oro mate, galones herrumbrosos, pantalones blancos y apretados que revelan tu excitación. Tú diriges el juego. Ella ocupa el centro. Ellas, los márgenes, entre bastidores; ah, pero cómo se hacen sentir, cómo revolotean, con todas sus insignias al descubierto, cada una con los secretos expuestos, los látigos con puntas de bronce, las alas de murciélago, la piel de carbón, las máscaras de perro, las pelucas de serpientes y los trajes, los vestidos, las mallas color de rosa de las muñecas, los miriñaques crujientes de los maniquíes, las zapatillas blancas, los lazos, las puntas de plomo de las ballerinas: cómo se hacen sentir, cómo aúllan en esta isla de las lamentaciones y las auroras, en este salón sellado y agitado por una brisa que debe nacer de los movimientos, los saltos, las contracciones parturientas de Ute:

—Se llama Tetis y nació junto al mar, nació del mar, es el mar que es la faja y cintura del mundo.

Y Vanessa: —Es la noche y la fecundó el viento: parió un huevo de plata.

E Ifigenia: —Se llama Rea y nadie puede escapar a la alucinación de sus tambores de bronce: está sentada, tocando, frente a la cueva por donde se ingresa al mundo. Nadie puede escapar.

Y Paola: —Nació del caos y bailó sin más compa-

ñía que la soledad sobre el mar: no tenía tierra donde descansar.

Y Hermione: —Se fecundó a sí misma para no estar
sola. Se fornicó con el falo del viento, la perra madre, y parió a la serpiente y con la serpiente se dedicó
a gozar y la serpiente creyó ser el verdadero creador
pero ella le demostró, ella le demostró...

Y Kirsten: —Ella le hundió el cráneo con una patada, ella le rompió los dientes a patadas y lo exiló
a las negras cavernas del negro mundo. ¡Cuidado!

Ellas me fijan con sus miradas rojas, ellas brincan
como bestias amaestradas cuando tú haces tronar tu
propio látigo, las apartas, proteges a mi madre, re-
cibes de ella la flor blanca de raíz negra, te hincas,
besas los dedos, los cobres entrelazados de Claudia,
concluyes el discurso:

—La historia no culmina donde se cree. Penélope
y Telémaco no se contentaron con que Ulises les na-
rrara sus aventuras. Debimos imaginarlo: noche tras
noche, en el desolado reino de Itaca, una madre y un
hijo insatisfechos escuchan el canto de ese fantástico
viajero que con su odisea los humilla, excluye y
domina.

Rondas a Claudia, rondas a mi madre con tu látigo
listo: proteges a mi madre inmóvil, con sus ojos de
plata para escucharte mejor: la estrella nos está escuchando con la cabellera vibrante de las olas y los
velámenes perdidos.

—¿No tendrán, ellos también, derecho al accidente
y al riesgo, a la fortuna y a la mentira, a la aventura?

Para comernos mejor: habla, Claudia: —El resen-
timiento me corroe. Tu padre está muy viejo. Quiero que salgas a viajar en su nombre, quiero que re-
anudes los viajes de este anciano. Regresa a la isla
de las lamentaciones, a la costa de Istria custodiada
por mis lobos y mis aves rapaces. Y allí, en ese palacio
que es la residencia original de la tormenta, en ese
laberinto abierto, en ese cementerio de sauces y pá-

jaros carpinteros, en esa ínsula purificada por la sangre de los cerdos, encontrarás a tu hermano, que es mi hijo.

Ellas aúllan detrás de las máscaras de cartón; tú las azotas con el látigo: gimen, se agachan, se encojen y protegen entre sí mientras Claudia dice: —Un hermano releva al otro —y tú continúas: —Telémaco se hunde en el lecho de Circe. Telégono, el hijo de Ulises y la hechicera, reinicia la peregrinación abandonada, el regreso que es el arranque: viaja a Itaca, al hogar negado, a consumar las sustituciones, a cerrar la verdadera crónica.

Las muchachas se levantan, vuelan, se arrastran. Claudia abre los brazos y cierra los ojos. Las seis furias cubren a mi madre con la capa de oro y azul, la coronan con el pesado metal repujado, dibujan el halo intangible alrededor de su rostro moreno, riegan sus plantas con rosas frías, la ayudan a montar en los cuernos de la luna, caen de rodillas frente a ella, murmuran mientras ella grita:

—¡A mi hijo no lo puedo despreciar!

—Arca de la alianza...

—¡Es mi verdadero pretendiente!

—Consuelo de los afligidos...

—¡Ha regresado Ulises, el verdadero, el joven!

—Estrella matutina...

—¡El que partió a Troya!

—Torre de David...

—¡El que se divirtió con las magas y las hechiceras mientras yo tejía, esperaba, deshacía lo tejido, envejecía!

—Madre de los pecadores...

—Y ahora tú, el joven, entra por las puertas del palacio rústico a vengar el tiempo.

—Madre de Dios...

—Asesinar todo lo viejo, enterrar todo lo impotente, disolver la leyenda.

—Madre purísima...

—Yo soy la mediatriz.

Ute y Vanessa, Paola y Hermione, Kirsten e Ifigenia arrastran al centro del escenario al muñeco de trapo gris, de goma arrugada; las seis detienen contra el suelo las extremidades fláccidas; tú te acercas con el puñal de fierro negro a ese monigote de barba blanca y ojos de porcelana, las muchachas le arrancan la corona de carnaval, de estaño y púas, tú le clavas el puñal en el costado y ellas, ávidas, se arrojan sobre el cadáver, por el costado le extraen el papel periódico y el algodón, las plumas y las esponjas, las humeantes tripas de caballo, el corazón de pajarillo, la mierda divina, y se arrastran, con estas nuevas ofrendas, hasta los pies de mi madre inmóvil, cruzada de brazos.

La voz de sargento de Claudia explota: —Viejo latoso. Ya era tiempo.

Tú cuelgas la cabeza: —El mito fue vencido. Y todos vivieron muy felices.

Caes de rodillas, abrazas las piernas de mi madre, besas sus muslos.

Las seis furias gritan: —Happily ever after! Happily ever after! Happily ever after!

El viento abre las ventanas. Los truenos de utilería retumban dentro y fuera de la sala. La niña rubia entra por la ventana, bailando el watusi, moviendo sus piernas esbeltas, sus pantalones blancos con letras y números tejidos. En una pierna, el nombre: Bela. En la otra, el número de teléfono: 8444393.

El hombre bajo, el gnomo, emerge de las sombras para dominarlo todo. Lo he visto antes, en algún lado; conozco sus botas y su pantalón de montar, su turbante, los bigotes y la barbilla de seda, los ojos viperinos, el monóculo, el aparato de cuero y metal que sostiene su cabeza prusiana y endereza su cuello roto: —Corte. O. K. That was beautiful, ach so. Que se imprima. Maten los cinco mil. Déjenme esos dos mil. Gaby, ¿quieres ver este encuadre? ¿Dónde dejé el visor? Ach. Mahoganny, cítame a los extras para dentro de una hora: los mendigos y los bailarines, en el salón de al lado. Que no falte nada para esa escena. Jenny, encárgate de las almohadas; necesitamos doscientas para destriparlas; plumas de almohada en el palacio, nieve afuera del palacio: con esa escena quebraré a la compañía. No saben que no voy a utilizarla en el montaje final, ach, ach, ach. Los productores existen para quebrar y terminar sus días en una lavandería china, ach, ach, ach. Bilbao, listos los caballos que van a entrar al salón de baile. Tiger, denle un puro y una copa de champagne a cada uno de los mendigos. Ahora sólo el plano 69, plano 69. Claudia sola en el salón. La primera cámara en la grúa conmigo; un descenso suave, muy suave, hasta el gran C. U. de Claudia. Segunda cámara, dolly hacia Claudia. Tercera cámara, Arriflex en mano girando alrededor de Claudia, giro total, trescientos sesenta grados. Listo el boom. ¿Qué dijeron? No soy un tirano. Media hora para el café. ¡Maten el bruto!

Los reflectores de hielo, los arcos incandescentes, se van apagando, uno tras otro. Las seis muchachas se van quitando las máscaras de perro, van arrojando los látigos, van suspirando. Sólo dos spots. Uno sobre el rostro de mi madre. Otro sobre el tuyo. Se apagan con la lentitud de las constelaciones, con la lejanía de la luz de Andrómeda. Ustedes no se mueven.

Desaparece la luz. Desaparecen ustedes. El set está oscuro. Y vacío.

. . . .

Otra posibilidad: el canibalismo. Pero si la mato para comérmela, ¿dónde me enterrarán y quién me velará cuando yo muera? Además, el asesinato sería un acto. Yo sólo tengo nostalgia de ella: abulia, desaparición. ¿Todo ha de ser deseo del pasado o del porvenir? Y ella es dueña del eterno presente. Esa es la verdadera lucha.

. . . .

No me miren así. ¿Por qué me miran así?

¿Por qué la proteges?

¿Por qué le permites que me humille con su mirada y sus palabras?

¿Qué hago sino mirar desde la ventana del hotel hacia la Via Veneto y pensar que este otoño no se parecerá a ningún otro, que las modas cambiarán, que esta música dejará de escucharse y de bailarse, que todos los cabarets cerrarán sus puertas, que todas las películas serán archivadas en una cinemateca?

Desde los bares y las discotecas asciende la música, la voz de Ornella Vanoni. Io ti daró di piú.

—¿Qué le vas a contar? ¿De qué me vas a acusar? ¿Qué vas a decir de mi vida y de mis amores? ¿Qué? ¡Atrévete!

No, no diré nada. No tengo más fuerza que el silencio. Pero tú tienes que decirlo, abrazado a ella en esta suite del Hotel Excélsior, en este cuarto que huele a tapetes viejos. Un servicio. Una hazaña. Una larga espera. La castidad y el secreto y la compasión. Yo te los daba también, mamá, yo te los daba.

—Tú me seguirás dando lo de siempre, santito. Eres encantador y efímero. No te preocupes. Yo no tengo sueños. Los he vivido todos.

—Yo quiero vivir contigo.

—Debes regresar. Y para regresar, antes debes irte. No quiero que te saques los ojos. Te reservo otra cosa. Todos tenemos que cambiar de vez en cuando, para no morirnos de aburrición. Palabra. Para no dejarnos gastar, que es lo único que envejece. Los golpes no, los cambios no.

Digo que no hay luz en el jardín de yeso y grava. Digo que no veo. Digo que no puedo ver ese beso

lento y cruel, tan prolongado como es lenta mi cegue-
ra. No sé ver. Me percato poco a poco del desacos-
tumbrado desorden en la suite que ocupan mi madre
y Giancarlo en el Hotel Excélsior. Es que no he
querido ver esa cama revuelta, esas sábanas húmedas
y perfumadas. Es que no he deseado mirar todos los
detalles de la convivencia atroz, el cordón de la máquina de afeitar en el suelo, la bata de brocados sobre
una silla, el cartón de Kleenex sobre la mesa de noche, la corbata de Giancarlo amarrada a una lámpara.
Y se me escapan los olores de espuma mentolada,
pastilla desodorante, Vétiver y Bandit, pan tostado y
fondos de café.

—Hermano —murmura Giancarlo cuando deja de
besar a Claudia.

Un sol se desangra en mis córneas mientras me alejo, sin darles la espalda, con la mano levantada y el
brazo amenazante, seco, maldito, que quiere matar a
mi semejante con la quijada de estuco de un dragón
sonriente, envuelto en alisos que gimen desde los
cementerios de las islas. Era mío. Era lo único mío.
El Rey es hijo de la Reina.

Io ti daró, molto di piú, molto di piú. Ornella
Vanoni canta, este otoño, desde todas las sinfonolas
de Roma y yo camino por la Via Veneto mirando distraídamente las tiendas de ropa, imaginando el mundo de las mujeres, ondulante, perfumado, brillo en
movimiento, tratando de recordar a una muchacha
que cabalgaba a horas imprevistas por la playa de Positano. Me detengo ante el aparador de Cucci y no
logro ver las prendas expuestas. La mirada no puede
ir más allá del reflejo. El reflejo soy yo: un hombre
de su clase, de su tiempo, de su espacio: de una con-
dición vencida de antemano por una especie de fatalidad escogida. Y por una renuncia que ha marcado
ese entrecejo vago, apenas distinguible en la palidez
del vidrio. Cierro los ojos antes de que ese momento
pase: el que me permite recordar unas palabras gri-

tadas detrás de una puerta. Claudia ha dejado de fumar. Claudia dice por un minuto su verdad. Y yo me he negado a conocerla. Yo me he negado a indagar el misterio de una lucha dolorosa y solitaria. Claudia venció a los hombres gordos del bar del Hotel María Isabel; ¿cómo no me iba a vencer a mí? Quiero decirme que en mi abstención ha habido respeto; debo admitir que acercarme a ella verdaderamente hubiese significado perder mi fatalidad querida y el tono indulgente, de compasión hacia mí mismo, que la acompaña. El dolor que dice su nombre deja de serlo.

El verano se prolonga y los cafés de las aceras están repletos. Roma tiene el color de una playa quemada. Las muchachas han regresado, tostadas, de las costas, y se han puesto sus botines y sus minigonnas. Los muchachos se pasean como pavorreales y tratan de alcanzar la fascinación que todo lo hace perdonable. Pero yo, detrás de mis gafas negras, tengo que buscar, entre las mesas, el rostro pálido y mofletudo de una prostituta, la mueca violeta y el guiño oscuro que sabe distinguir al extranjero sin fascino pero con cheques de viaje. Tomo asiento a su lado. Pude ver a Claudia derrotada. Pude ver a Claudia cambiada.

. . . .

Bela me escribió. Regresé a Italia porque Bela me escribió. Beato tú. Tan tranquilo en tu apartamento. Y tu madre en Roma, partiendo plaza, seguida por los paparazzi. Oh, qué maravillas se ha mandado hacer. Oh, qué generosa. La llevé a la casa de modas de la Princesa d'Aquila. Yo misma posé los modelos. Tu madre los compró todos y me recomendó con un calor, como si fuera algo suyo, su hija. La Princesa tuvo que invitarnos a cenar. Sólo ella y su hijo. ¿Nunca te he hablado de él? Es un bravo ragazzo. Lleno de fantasía. Cautivó a Claudia. Son inseparables. A veces me invitan a salir con ellos. Roma en septiembre, Guglielmo. ¿Tú has estado en Roma en septiembre? Sí, Bela. Cómo tarda en morir el verano; qué oro, qué ocre. La belleza se duplica; cada palacio, cada plaza, cada monumento existe dos veces, como si convocara a un amable fantasma. E`proprio bello. Ayer caminamos por la Roma antigua, del Panteón a la Piazza Campitelli, donde la ciudad vuelve a abrirse frente a los Foros. Nos sentamos a tomar un espresso en la Via del Teatro di Marcello. El mesero era un siciliano parlanchín; no reconoció a tu madre. Ella se lo agradeció. Beato lui. Se rió con él. Nos reímos mucho, nos reímos todos. Nosotros nunca admitimos una inferioridad. Todos descendemos de los Césares, accidenti! El mesero no podía ser menos: vieja nobleza siciliana, eh! Nadie anda con su escudo de armas en la cara. Suplimos con muchas palabras, mucha labia, como dicen ustedes, la prueba de nuestra ascendencia. Oh, cómo habló. Descripciones de Taormina; su infancia; el servicio militar; la escuela; el amor. ¿Qué dijo? Se lo digo yo: el amor sólo existe en la filosofía. Eso le dijo a Claudia: sólo existen momentos de amor, no el amor. Mire: miró a Giangaleazzo: usted querrá mucho a su hijo, señora; se ve en seguida que es muy buena madre, pero sólo lo ama en ciertos momentos, ma soltanto per un attimo, vero? Nos reímos hasta las lágrimas, Guillermo. Ésa es la verdad. Éstas son las cosas que se pueden tocar y gozar. El sol de septiembre. Una taza de café riquísimo. La belleza de Roma. Nuestra risa. Comprendí. Los dejé solos. Se fueron caminando hasta el Campidoglio. Los escalones están llenos de gatos. ¿Te has dado cuenta cómo hay gatos en Roma? Sí, Bela. Tú y yo sabemos por qué. Nos lo contaron. Todo tiene una explicación racional e histórica. Roma era el gran almacén de granos del Imperio. Esto se llenaba de ratones. En Roma los gatos son sagrados, se reproducen y abundan y la gente los protege. Hay gente que vive sola con un montón de gatos; sobre todo solteronas que en primer lugar no se casaron para poder cuidar muchos gatos. Claudia y Giangaleazzo no les hicieron caso. Son tan felices. Todo son preparativos, la película, la boda, la publicidad. Subieron, creo, hasta la jaula donde está encerrada la loba romana. La que nos fundó. Ciao, Guglielmo; ciao, ragazzo; auguri!

. . . .

Salí de la clínica en diciembre. El mes de reposo forzado sólo logró afilar más el hambre de mi perfil. No me reconozco. La ropa me empieza a quedar grande. Me miro en los espejos y me sobra la camisa, me falta cuello. El abrigo y la bufanda me envuelven de esa manera floja. Pero ya no deliro. Ahora razono lúcidamente. Y tú has tenido compasión de mí. Has venido al sanatorio dos o tres veces, al final de la convalescencia, cuando ves que sale el sol, a empujarme en la silla de ruedas, a pasearme por el jardín de grava y cipreses del sanatorio de Via Camilluccia, alto, desamparado, dueño del panorama de Roma. Casi no hemos hablado. Pero tú no me engañas; tú menos que nadie.

Tu solicitud es falsa. Tu interés, que acepte la situación sin chistar. Que no cree problemas. Tu misión, llevarme a París para que allí tome el vuelo directo de Air France a México.

Todo en paz.

Sí, me hubiese ido en paz. El sanatorio me calmó. Necesitaba estar solo, sin leer, sin pensar. Les aseguro que pude tomar el avión yo solo, en Fiumicino, y trasbordar sin peligro en Nueva York. No eran necesarios tanto cuidado, tanta precaución. No sé qué vieron en mi rostro, qué les inspiró piedad o desconfianza. No fue necesario que tú me acompañaras a París y te dedicaras a pasearme; dijeron que para apresurar mi recuperación.

Ya empezó a molestarme tu solicitud, el auxilio de tu mano al cruzar las calles, tu brazo conduciendo el mío, como si fuese un ciego o un inválido. No, aún no estoy incapacitado físicamente. Mi debilidad es otra. Me siento encogido por dentro, aunque la nueva holgura de mis ropas me diga que, por fuera, también he perdido peso. Pero la enfermedad es otra. Tú debes saberlo. Y tiene que renacer e irrumpir ahora, cuando no sé si premeditada o imprudentemente, me conduces al metro St. Michel después de ver, en el Studio de la Harpe, la película que mi madre filmó en tu palacio arrendado.

Son las doce de la noche pasadas y no tienes derecho a arrojar a un hombre débil y enfermo en medio de esa multitud apresurada, grosera, indiferente. Es como si me ahogaras; es exponerme a caer y morir pisoteado; es un sobresalto peor, no físico, sino de terror impalpable a estar con otros, a perderme, a no ser visto más como lo que soy. Te pierdo; no puedo avanzar; alargo las manos para tocarte, otra vez. Estoy sudando, empujado a contrapelo por toda la gente que busca la salida mientras yo intento encontrar la entrada, llegar a ti, ocupar ese lugar apretujado en el carro de segunda. Pudiste comprar billetes de primera, ¿no? Mi madre es rica. ¿Por qué me has arrojado en medio de esta conmoción, por qué me has llenado de sudores fríos, de piernas temblorosas? ¿Por qué me has traído aquí, a enervarme, a gritarte?

—Puerco. Le contaste todas mis historias. Yo te las conté a ti, nada más, ella no tenía por qué saber de las arañas y las hormigas, de la casa en Guadalajara, de mis escondites; esas historias eran para ti. Inocente. Está contigo porque no puede estar conmigo, no te quiere, te ha puesto en mi lugar, serás como yo he sido...

Ya no hay nadie. Estamos solos en la estación del metro. Tú puedes acercarte a mí y tomarme de las solapas y decir:

—Te equivocas. No quieres entender cómo terminó esa historia.

—Ya te escuché decirlo; mentiroso; no se puede aplicar a nosotros; Penélope no existe, Ulises no existe; todos terminamos con Circe, nada más, convertidos en puercos... Te acostarás con Bela, con Paola, con...

—Sei cretino, caro. No entiendes nada. Lo demás no sucedió. Hay otra culminación. Ulises no se amarra al palo mayor. Escucha el canto de las sirenas y sucumbe, porque las sirenas le han advertido: no debe regresar al hogar, allí lo esperan la infidelidad de la esposa y la muerte por mano del hijo. Ulises nunca regresó, cretino, Ulises se quedó en las islas, con las sirenas, eternamente joven, eternamente sensual...

—Suéltame. Ya no quiero oírte. Regresa con Claudia y sé feliz. Dile que te pase mi mensualidad. Puedes comprarte perros y discos. Dile que me tema. Dile que voy a vengarme, dile que...

Entonces me arrojas a la vía del tren subterráneo, entonces caigo de bruces entre los rieles, entonces me raspo las rodillas y tú me levantas de las solapas y me hablas con tus labios sobre los míos, con tu mirada inseparable de la mía:

—Cretino, ¿y si yo logro humillarla?, ¿y si yo obro en tu nombre?, ¿si yo la rompo y la transformo y te la ofrezco en toda su debilidad, detrás de sus palabras agresivas y su falsa fuerza?, ¿si yo le saco gota a gota toda su historia y después te cuento sus amores, sus engaños, su ambición, el asco que ha sentido y la frialdad que ha calculado?, ¿si yo te entrego a tu madre verdadera, desnuda, sin máscara, ofendida, revelada al fin por un hombre imaginado que le ofrece la última sorpresa: la sorpresa de que, contra todas las apariencias, yo no la reflejo?, ¿y si tu madre acepta al fin que se huye de la soledad para encontrar la humillación?, ¿quieres verla así, quieres que te la devuelva así?

Entonces me dices que sólo hay un minuto entre tren y tren y que debemos correr, debemos jugar a las carreras, debemos vencer el peligro de ser aplastados por dos trenes que se cruzan a la mitad del túnel, debemos exponernos para exponerla, debemos saber quién gana la partida.

ZONA SAGRADA

> Qué distinto me parecés, qué cambiado.
>
> CORTÁZAR, *Circe*.

Creo que ése fue mi último placer. Pero uno se acostumbra a todo. A la soledad. Al amor. A la muerte. A la indiferencia. No hacemos más que quejarnos de lo único que nos permite vivir: la costumbre, la insatisfacción. Somos insuficientes. Casi todos. No todos.

Estoy agotado. Sin embargo, yo mismo busqué ese exceso final. ¿A dónde podía ir, al regresar a México, sino a su casa abandonada? Tenía una llave. Entré, olfateando el encierro de dos meses. No había luz; las cortinas acumulaban polvo; los muebles tenían un sudario de lino. Pero no buscaba esto.

Arriba, la recámara: por primera vez, escuché cómo crujía el piso, al entrar. El orden en que Claudia la dejó. Los cosméticos ordenados en la mesa de cristal. Las hojas de los espejos del vestidor, cerradas. Las abrí. Volví a repetirme tres veces, afilado y esbelto, husmeando el encierro.

Al lado, el enorme closet y **todo** lo que mi madre dejó: el guardarropa que **también** abro, también olfateo, al fin acaricio, al **fin rozo** con mi mejilla, al fin beso.

Permanecí mucho tiem**po cerca** de esa ropa. Primero de pie. Después, con **un plac**er creciente, dejándome ir, voluptuosamente, **hundié**ndome en los vestidos, en los abrigos, en los **zorros** y armiños y chinchillas que todavía tienen su perfume, el mismo de mi rapto, el mismo de mi infancia. Finalmente, sentado en el suelo, entre sus zapatos, que también acaricio, que también aprieto contra mi mejilla y mis ojos, que también beso; mi boca es raso, pedrería y vinílica, mi lengua becerro y cocodrilo, mi paladar glacé.

Entiendo, rodeado de sus objetos; ella me permite verme como otra cosa; ella me permite verme como ella. Me levanto riendo, con dificultad; siete mil sospechosas fueron quemadas en la plaza de Logroño, quinientas durante tres meses en Ginebra. Todos se enterarán. El duque de Lorena cabalgará con los puñales ensangrentados hasta que en sus tierras no quede una sola mujer viva: niña, adolescente, joven o anciana. Sólo yo. Yo, delatando. Yo, disfrazado.

Me llena de fiebre desnudarme aquí.

No me miraré en los espejos. Todavía no.

Hurgaré en la cómoda; allí está todo lo que quiero; el brassière que engancho a mi espalda, las pantaletas de encaje, las medias negras, las ligas, las zapatillas de satín; allí está el cofre con algunas baratijas olvidadas, los anillos de jade, los aretes de aguamarina, el collar de amatista, las pulseras de plata, otro collar de topacio: hielo sobre mi garganta mal afeitada, frío sobre mi pecho, mis muñecas; deformo las pantaletas, el portabustos me cuelga, resbala por mi costillar cada vez más marcado; el vello creciente de mis piernas se abre paso entre las mallas de seda. Su peluca. Su lápiz de ceja. Su sombra de párpados. Sus pestañas postizas. El lunar del pómulo. El carmín de los labios. El brazalete hindú, la serpiente de oro.

¿Qué les diré cuando la denuncie? ¿Qué, cuando la vea subir a la hoguera? ¿Que lo terrible es saber que la hechicera es inocente y que por eso es culpable? ¿Que no podríamos vivir sin ella y que no podemos vivir con ella? No. ¿Bastará mostrarme así, demostrar que soy ella, que ella usurpa mi identidad, que ella me ha convertido en esto que los espejos reflejan: en este príncipe de burlas, en este muñeco embarrado de cosméticos, en este seco árbol de Navidad cuajado de bisuterías, en este perro famélico que ya no puede sostenerse sobre los tacones altos, gigantescos, zancos, y cae arañando el vidrio, cae con el cofre vacío entre las manos y con él rasga los espejos?

Debe ser exterminada. Ni siquiera los jueces están a salvo. Ella los fascina en el acto de juzgar. El señor deja de distinguirse del siervo. Ambos desean el amor y merecen el consuelo.

De bruces, contemplo al ratón que me contempla desde un tubo de cristal.

. . . .

Gruño. No saben pasar la película. Confunden los carretes, proyectan las copias al revés, todo es esa cacofonía y esa confusión de cintas torcidas, regadas por el suelo, destripadas. Gruño para protestar. Jesús alarga la pierna y me patea el hocico. Mi gruñido se convierte en gimoteo. Me paso la pata por el hocico. Me araño. Aún no me acostumbro. Levanto mis ojos dulces y castaños y miro con reproche al hombre prieto y fornido que se sienta, despatarrado, en el sillón y se sirve coñac en el vaso de plástico que antes yo usaba para enjuagarme la boca. Luego le pellizca una nalga a Gudelia y Gudelia ríe y le da un manotazo y cae sentada en el regazo de Jesús. Él ha vuelto a ponerse el suéter de cachemira gris; ella, ese négligée de nylon colorado que también perteneció a mi madre, que Gudelia ha adornado con lentejuelas y cintillos tricolores comprados en las ferias.

Se besuquean y Jesús hace caer, de un codazo, la lámpara Tiffany de emplomados escarlata. Los cuerpos esbeltos y fluyentes de mis grabados contemplan el cachondeo de estos dos seres boludos, congestionados, que jamás sabrán distinguir entre la boca y el ano. Gudelia arroja las zapatillas y yo los contemplo un instante; quizá, algún día, se agoten; aparto la mirada: prefiero ver lo que queda de mi apartamento, las tapicerías arrancadas de los muros y utilizadas como tapetes, los platos de Lalique colmados de ceniza y colillas y paquetes arrugados de *Elegantes,* las paredes con cromos y recortes de revistas y fotos tomadas en la Villa de Guadalupe, fijadas con chinches. La mesa china colmada de cazuelas de barro, servilletas de papel, botellas de cerveza y tequila, residuos de tortilla enverdecida y frijoles refritos, olores de chile bravo y pipián.

Jesús se levanta y se lava las manos, se limpia el sexo en la fuente de las algas. Chifla, con los pantalones caídos y arrastrados. Gudelia bosteza y camina descalza hasta el tocadiscos. Pone una selección de *Rigoletto.* Me levanto y voy hasta el baño, hasta el bidet lleno de agua. Los gorgoritos de la soprano llenan la casa. Caro nome... Bebo rápidamente, lengüeteo, me lamo los belfos. Se les va a olvidar darme mi cena. Digo bien, mi cena. La seguiré llamando así. No lograrán que lo pierda todo, que lo olvide todo. No lo lograrán. Qué importa. Lo importante es que se están emborrachando y fornicando y oyendo música y se olvidan de mí, de mi hambre. Y ahora se pelean.

Llego en tres brincos a la sala. Jesús se faja los pantalones y se limpia la nariz con el puño y arroja el disco al suelo; Gudelia llora y dice que es muy chulo; Jesús le mienta la madre y pone un bolero. Gudelia llora. Luna que se quiebra, sobre la tiniebla, de mi soledad.

Estoy temblando en el umbral de la sala. No. Debo hacerme invisible, no debo hacerme sentir. Jesús no sólo patea; a veces se saca el cuero y me arrea duro. Más vale que me recueste en el pasillo desnudo —el tapete casi se incendia una noche de éstas— y me repite esos nombres preciosos, fabularia, fascinatrix, femina saga. Antigua educadora. Dueña perseguida de los antídotos y los encantos. ¿Sabes? En ella se funden los opuestos: tú eres yo; todos somos otro. A veces me duermo pensando estas cosas. No es tan mala esta vida, después de todo. Si sólo recordaran que tengo hambre. Que sé oler como nunca; que me llegan los humores de la grasa y la acedía de los frijoles que han dejado sobre la mesa; que esto es más fuerte que yo, que tengo que correr hasta la mesa, encaramarme, detenerme con las patas delanteras y meter el hocico en las cazuelas mientras Gudelia llora y Jesús me ataca a cintarazos y yo gruño y quisiera morderlo y no puedo; estoy demasiado domesticado, sólo sé olfatear y gimotear y agachar la cabeza y esconderme en un rincón, detrás de las cortinas manchadas, llenas de huellas digitales.

Jesús bosteza y se quita el suéter. Le da una nalgada a Gudelia y ella vuelve a reír y se muerde la uña.

Tengo hambre. Quisiera comer. Aunque después sienta frío.

Miro con mis ojos húmedos el cuadro arrumbado y roto de Sarah Bernhardt en su apartamento, con un perro a sus pies. Mon semblable, mon frère. En el marco de la foto de Baudelaire ahora está Elvis Presley.

Daría cualquier cosa por un plato de fresas.

—Quiobas pues; no se haga mala sangre.

—Ay Chucho, si ya sabes que soy tu vieja, para qué le andas buscando. La música está muy chula, palabra que sí. Sólo que la del joven me parecía más elegantiosa.

—Véngase prieta.

Apagan todas las luces.

Olfateo a mi alrededor: es el olor del celuloide mojado, de las películas de Claudia. No quiero dormir. Nosotros sabemos que el sueño es la fotografía de la muerte. Cuando sueño, sólo veo a una muchacha muerta al lado de mi caballo muerto en una playa muerta.

Después, todo será mejor. Ruth se encargará de traerme muy buenos filetes de cuando en cuando. Yo, agradecido, le lameré la mano. Qué raro. Ahora lo sé. Ruth usa una máscara de goma, pequeña y arrugada. Su verdadera cara, de mono.

Ella me dirá:

—Pobrecito.

Pero yo no me quejaré. Hasta un perro sabe que el placer puede divorciarse de la conciencia, pero no del destino. Y el destino quizá me depare otro espectáculo. Hemos pensado tanto el uno en los otros, cada uno de los tres. Quizá esa circulación de tonos, de miradas, de movimientos —esos instantes que han relacionado nuestras tres apariencias— aún se refieran y se recuerden en el futuro. Y entonces, un día, quizá ellos vengan a esta casa y decidan hacer el amor frente a mí. Los animales siempre hemos sido fieles testigos del sexo. Los cisnes, las panteras, los perros, podemos contemplar a la mater-materia, paradoja de la violación intocable. Podrían darme ese gusto. Los imagino entre las sábanas de mi cama, como dentro de una concha inmaculada. Imagino los besos y las caricias torturadas del hombre que fue mi hermano sobre el cuerpo de la mujer luminosa y enferma que fue mi madre. Sus cuerpos unidos sobre mi cama resonarán como dos copas de cristal. Y mi gemelo querrá advertirme que el verdadero mito, el que recoge los hilos de todos los demás, advierte que los Adelphoi, Apolo y Dionisos, nacidos juntos, también participan de una muerte común. Pero yo los venceré. No porque decida atraerlos a mí para aprovechar su abandono erótico y entonces saltar, morderles los rostros, clavarles mis incisivos en las yugulares, no. Sólo porque, hermanos, tardamos en abandonar el vientre de nuestra madre, aunque ella pujaba por parirnos: creíamos que salir de ella, abandonarla, era morir. Nueve meses es un siglo. Y él, ahora, en brazos de ella, no querrá abandonar la vida, querrá permanecer enterrado en ella y temerá la muerte como los dos, antes de nacer, temimos la vida.

Yo no.

Ésa es mi victoria. Un perro sabe morir sin sorpresa.

Palazzo Gaetani, Piedimonte d'Alife, octubre 1965.
Rue du Cherche Midi, Paris, mayo 1966.

François Bott, en *Le Monde*, de París , dijo de *ZONA SAGRADA:*

LOS CRIMENES DEL AMOR

Empieza como una acuarela, de tonos delicados y tranquilos, florecidos de bruma. Jugadores de futbol sobre la playa de Positano, una muchacha a caballo, ese "caballo ocre . . . lo monta una muchacha rubia, la crin del caballo y la melena de la muchacha son del mismo color, los lomos y la piel del mismo color, la muchacha cabalga y levanta nubes de la arena del mismo color: el mar es ocre como ellos . . .".

Pero esto es demasiado frágil, es frágil y se rompe; la playa quieta y dulce de Positano abre un mundo al que rodean los fantasmas de una infancia, las quimeras, las perrerías de una memoria, de una vida, la muerte. Al final de *Zona sagrada* se vuelve a encontrar una imagen de muchacha a caballo, igualmente bella, pero desgarrada, tergiversada, como si la muerte, que se agazapa suave y muda en la sombra de la vida, surgiera al fin a pleno sol: "cuando sueño, sólo veo a una muchacha muerta al lado de mi caballo muerto en una playa muerta". Leyendo al escritor mexicano Carlos Fuentes, se piensa en este poema chino:

> *La vida es la risa*
> *en los labios de la muerte.*

"Nosotros sabemos que el sueño es la fotografía de la muerte", escribe también Fuentes. El sueño y su cortejo de fantasmas no dejan de atormentar a los vivos. La intrusión inagotable de la memoria y de los sueños en la vida caracteriza el mundo de Fuentes, quien, al mismo tiempo que su novela *Zona sagrada*, acaba de publicar en Francia una compilación: *Cantar de ciegos*.

LA ESPUMA DE LA NOCHE AZTECA

Una y otra obra aclaran el rostro velado, secreto, del mundo. *Cantar de ciegos*, bajo las máscaras de México, hace aflorar la memoria de un pueblo, las crueldades ocultas en cada ser y que vienen de la noche de los tiempos, la espuma de la noche azteca.

Pero Carlos Fuentes no sólo es el escritor de esta noche. Se maravilla de los colores del día, de la vida. Y nos maravilla por la riqueza, el estallido, la flama, pero también por los frágiles matices de su pintura: un barroco a la manera de Fellini —con un gusto muy vivo de Beardsley— a lo que se agrega una sensibilidad a flor de piel, de palabras. Es carnoso, delicado, llameante, como el cuerpo de Claudia Nervo, la heroína de *Zona sagrada*, un cuerpo "color de rosas blancas".

"Los cuerpos son jeroglíficos sensibles", escribe Octavio Paz en el prefacio que escribió para *Cantar de ciegos*. Los cuerpos son como la escritura enmascarada de la memoria. Cada cuerpo se dibuja, toma consistencia, en el mundo como la señal de una magia, de una brujería. Cada cuerpo porta consigo su parte de sombras, de fantasmas, de miedos, de tabúes. Un jardín secreto . . . Pero en Guillermo, hijo de Claudia, el jardín secreto se ha convertido en una selva.

El héroe profesa a su madre una pasión incestuosa y mística. Claudia es un monstruo sagrado: actriz mexicana mimada, adorada. Una devoradora de diamantes, una flor carnívora, una castradora. Fascinada por su imagen, como Narciso, busca en los ojos de los demás los espejos que le digan la eternidad de esta imagen. Se transforma sin cesar, unas veces pantera o garza, unas veces Cleopatra, esforzándose por fijar una imagen de sí misma, deseándose inmutable, deseándose estatua.

El hijo mira la carne como un tabú, una carroña, la máscara de la muerte, y, cuando galantea con una muchacha, Bela, lo hace bajo la mirada de su madre, como un descenso a los infiernos, para que su madre, al fin, se interese por él.

Guillermo ha escogido el angelismo. Se quiere ángel cerca de la divinidad, imagen pura y lisa también él. Su búsqueda se parece a un via crucis. Se piensa en la frase de Santa Teresa: "El amor es duro e inflexible como el infierno". El hijo acaba por identificarse con la madre y, un día, se viste, se engalana como ella. El adorador se confunde con la imagen que venera: con su tótem. Su fiebre es tan fuerte que ha transgredido la más profunda de las prohibiciones: la del incesto. Guillermo ha tentado al diablo. El amor es un crimen. No hay amor sin gusto de crimen. Al final de la bellísima novela de Carlos Fuentes, Guillermo parece que expía. Sufre una última metamorfosis. El, que soñaba con el angelismo, se convierte en un perro: casi una carroña.

impreso en litoarte, s. de r.l.
ferrocarril de cuernavaca 683 - méxico 17, d.f.
30 de marzo de 1972
tres mil ejemplares